王様と幸福の青い鳥

六青みつみ

白泉社花丸文庫

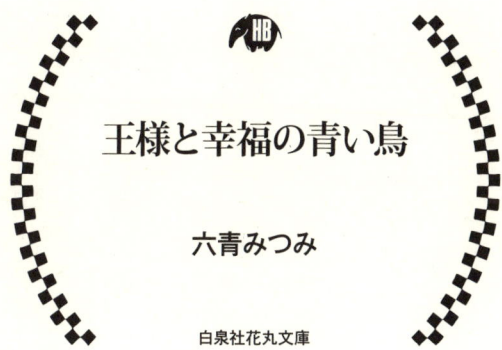

王様と幸福の青い鳥　もくじ

イラスト／花小蒔朔衣《はなこまきそい》

♣ プロローグ

イリリアには三ヵ月分の記憶しかない。

鏡に映した自分の姿を見ると、歳はおそらく十代半ば。

けれど自分がどこの誰なのか覚えていない。わかっているのは自分の名前だけ。

思い出せる限り最初の記憶は、三ヵ月前。

暗くて臭くてじめじめした狭い場所で、痛みと寒さと恐怖に身をちぢめ、最期の時が訪れるのを覚悟していた。そのとき、遠くの方で響きわたった張りのある低い声。

——王の名において、この者たちに恩赦《おんしゃ》を与える！

陰鬱《いんうつ》な地下牢《ちかろう》を照らし出す光のようなその声が聞こえた瞬間、今まさに、自分を縊《くび》り殺そうとしていた男たちの手が離れ、イリリアは命を取り留めた。

そして自由の身となった。

粗末だが清潔な衣服一式と、三日分の食事と宿がまかなえる程度の小銭、身分証、口入れ屋への紹介状を与えられ、何年いたのか覚えていない地下牢から解き放たれた。

地上は朝霧で白く染まっていた。しっとりと肌を濡らすそれが『朝霧』だということや、途方に暮れながら歩きはじめた地面が剝《む》き出しの土ではなく、『石畳み』によって舗装されているということは理解できた。肌に感じる風の生温さから季節は春だということ、朝霧が晴れてくると、自分が木々の生い茂った公園らしき場所に入り込んでいたことも理解できた。けれどそれがどこの公園で、今はいつなのか、自分は誰で、なぜあんな怖ろしい所にいたのかは少しも思い出せない。

途方に暮れたまま濡れた木製の長椅子《ベンチ》に腰を下ろし、ぼんやりと梢《こずえ》越しに射し込む朝陽を眺めていると、石畳みの向こうから近づいてきた馬車が目の前を通り過ぎた。

ぴかぴかに磨き上げられた馬車は少し離れた場所でひっそり止まり、扉が開いて、中から立派な口ひげをたくわえた中年男性が現れた。男は斜め後ろにふたりの従者をぴたりと従え、ゆったりとした足取りで側までやって来ると、イリリアの頭の天辺から足の爪先までじろじろと見つめた。

怯《おび》えて手足がすくみ、逃げ出すこともできないままイリリアが手足をちぢめて顔を伏せると、短杖《ステツキ》で顎《あご》をグイとすくい上げるように顔を仰向《あおむ》けにされ、瞳の色を確かめられる。

「ふむ」

口ひげの中年男は満足そうに目を細めると、うしろに控えた従者に向かって合図した。

「連れて行け」

声に応えて進み出た従者の逞《たくま》しい両手が、イリリアの薄い肩をがっしりつかむ。そのままイリリアは、まるで荷物のように持ち上げられ馬車の中へ運び込まれてしまった。

♣偽《にせ》神子イリリア

水源と緑に恵まれた国イスリルの王は、その御代《みよ》の間に〝神子《みこ》〟と呼ばれる伴侶《はんりょ》を選ぶ。伴侶といっても子を成《な》すためではなく、神霊力を授《さず》かった特別な神子と絆を結び、国に富をもたらすことが目的なので、相手の性別は異性同性どちらでもかまわない。

国中から集められた神子候補は城内の庭に集められ、王はその中からひとりを選び出す。イリリアが足を踏み入れた〝王の庭〟と呼ばれるその場所には木漏《こも》れ日が瞬《またた》いて、繊細《せんさい》な刺繍織《ししゅうおり》にも似た美しい模様を描いていた。

季節は初夏。陽射しの下はすでに汗ばむ陽気だが、緑陰を吹き抜ける風にはかすかに春の名残《なご》りを感じさせる涼やかさがある。

やわらかな芝生の上には二十名ほどの神子候補が円を描くように並んでいて、皆そろいの白い長衣を身にまとっていた。男女比は三対七ほど。歳は十五歳から二十歳がほとんどで、数人が二十代半ばといったところか。皆、立っているだけでも優雅で、吐く息は薔薇の香がするのではないかと思うほど容貌も麗《うるわ》しい。

神子候補たちが描いた円の左右には、神子候補たちの親族に加え、証人という名の見物人が何十人もひしめいていた。皆、立派な衣服を身にまとい、どこの家の娘または息子が〝王の伴侶〟に選ばれるか興味津々で噂し合っている。

彼らの視線を、下着の中に紛れ込んだ藁屑《わらくず》のようにチクチク感じながら、イリリアは恐怖で震え出しそうな両手を強くにぎってこっそりとあたりを見まわした。そして誰かと視線が合いそうになるたび慌てて視線を逸《そ》らす。

——ランゲルはだいじょうぶだって言ったけど、ばれたらどうしよう…。

見物人たちがささやき交わす言葉の意味など、イリリアにはほとんど理解出来《でき》ない。けれど声音に含まれた期待と切望、チリチリと産毛が逆立つような激しい競争意識の熱波だけは、嫌というほど感じられた。

それだけではない。この庭に入る前、白い長衣をまとった神官たちの前で立ったり座ったりお辞儀をしたりしたあと、指で空に線を引くような仕草をいくつかされて、呪文のような文言を唱えられ、器に入った水を指で弾いて浴びせられた。そして最後に神官たちが唱えた長い呪文を聞き終わったときから、周囲の景色がぼやけて、人のまわりに奇妙な靄《もや》が見えるようになった。

靄の色は濁った血の色だったり淀《よど》んだ茶色だったり黒だったり黄土色だったり。見ていると気持ち悪くなり、うまく息ができなくなるほどだ。

——こわい…。はやくおわって、うちにかえれますように…。

イリリアは祈る想いで目を閉じた。

三ヵ月前。

朝霧の公園でイリリアを拾った髭の中年男は、イスリル貴族ブライファンク家の後見人で、名をランゲルといった。

毛布で包んだ荷物のようにブライファンク邸に運び込まれたイリリアは、ランゲルの命で全身を磨き立てられ、服と食事と寝る場所を与えられ、貴族らしい所作――椅子に座る、立つ、歩く、お辞儀といった基本――と、いくつかの決まった受け答えを教え込まれた。

決まった受け答えというのは、立派な部屋に連れて行かれ、ずらりと並んだ男たちが見守る中、見せられた書類を読んで理解するふりと、それに許可を与えるか却下するか保留にするふりの三通り。許可と却下と保留は、書類ごとにランゲルの合図を見て変える。それがいったいなんのためなのか、どんな意味があるのかイリリアには分からない。

分からなくていいとランゲルは言い、イリリアがよけいなことに興味を持たず、言われた通りに動き、用がすんだらおとなしく部屋に籠《こ》もっていることを望んだ。

イリリアはランゲルの言うがままに振るまった。

叩かれたり怒鳴られたりといった心身への危害もなく、温かい食事と肌触りの良い服、そして突然蹴られたり殴られたり誰かの悲鳴で妨げられたりしない、安全な睡眠時間を与えられたのだ。ランゲルの要求を断る理由はない。

〝選定の庭〟に立つ一ヵ月前から、教えられる所作のひとつに、貴人を前にしたときの最敬礼の仕方と立ち方の訓練が加わった。それぞれみっちり仕込まれたので、短い時間ならなんとか貴族の子弟になりすませる。けれどじっくり観察すれば襤褸《ぼろ》は出るだろう。白粉をはたいて誤魔化した手肌の傷跡や、生粋《きっすい》の貴族の若者にはありえない粗《あら》も見つかる。

手だけではない。革紐靴《サンダル》を履いた足の指も、左右に並んでいる本物の神子候補の美しさたおやかさに比べれば、明らかに見劣りがする。イリリアはそっと襞《ひだ》の多い長衣の裾《すそ》をたくし上げて、足の甲から爪先までを覆いかくした。

適度な重みのある生地はとろけるようにやわらかい。訓練したとはいえ、歩くときは注意しないとつまずくかもしれない。不安に思いながら、ちらりちらりと周囲を窺《うかが》っていると、そうした態度が目を引いたのか。それとも最初から疑われていたのか。

そろそろ王が姿を現す先触《さきぶ》れが伝えられ、鳥の囀《さえず》りのようだった見物人たちのささやき声が、灯りを消したように静まり返る。その静寂の中。神子候補たちを取り巻く人垣の中から、鋭い糾弾《きゅうだん》の声が上がった。

「その者はブライファンク家の息子などではない！　偽者《にせもの》だ！」

見物人の半分と神子候補たちの視線がいっせいに、イリリアの顔に集中する。見物人の残り半分は、声の主を探っている。そうした人々の中から進み出た恰幅《かっぷく》の良い初老の男が、イリリアをくっきりと指さして断言した。

「本物のブライファンク家の嫡子《ちゃくし》クリスティオは、三ヵ月も前に亡くなっている！」

「言いがかりだ！」

初老男の言葉をさえぎるように、ランゲルが人垣の中から飛び出して反論する。

「なんの証拠があってそのような戯《ざ》れ言《ごと》を…ッ。この顔をよく見ろ！　クリスティオ以外の誰だというのだ⁉」

ランゲルの言葉を肯定し擁護《ようご》するざわめきが人垣から上がる。それを払い退けるように、初老の糾弾者はさらに声を張り上げた。

「ランゲル卿がどこぞから拾ってきた馬の骨だ！　証拠はそろっている。ここにいるブライファンク家の侍従《じじゅう》がすべて証言した！」

「な…っ」

初老の男が自分の背後からひとりの男を前に押し出すと、ランゲルは声を失い、顔面からも血の気が失せて蒼白になる。その動揺が何よりも謀《はかりごと》の証拠となった。

二度目に人垣から上がった声は、はっきりとランゲルを非難し、初老男の主張を認めるものだった。

「神子候補を詐称するとは不届き千万《せんばん》。捕らえろ。そこにいる偽者もだ」

初老男が手を上げて合図すると、あらかじめ待機を命じられていたらしい衛士たちが人垣を割って飛び出し、素早くランゲルとイリリアを取り囲んだ。厳《おごそ》かな雰囲気に包まれていた庭に、悲鳴や不快を示すうめき声が広がる。

ランゲルは逃げ出そうして暴れ、怒号を上げながら衛士たちに取り押さえられた。

往生際の悪いランゲルとは対象的に、イリリアの身体は恐怖ですくみ上がり、息もまともにできない状態だった。

苦しくて胸元を手で押さえようと身動《みじろ》ぐと、間髪入れず筋骨逞しい衛士に両手を拘束され、抗《あらが》う間もなく芝生にねじ伏せられた。

「い…あ…」

土の匂いは、暗くじめついた地下の牢獄を思い出させる。

恐い。視界が黒く狭《せば》まっていく。

恐怖で全身が痺《しび》れて、自分の身体がどこにあるのか分からなくなる。

衛士たちは、今にも息絶えそうなイリリアの薄い背中を膝《ひざ》で押さえつけ、細い首に大きな手をまわして地面に縫いつけた。そのままあと少し拘束が長引いていいたら、捕食者に襲われた小動物が衝撃で心臓を止めるように、イリリアも息絶えていたかもしれない。

——た…すけて…。

芝生ごと土に爪を立てて、誰に求めればいいのか分からない願いを胸中でつぶやいた。

そのとき。まるでイリリアの願いに応えるように、頭上で低いのに張りのある声が響いた。

「何事だ」

大声を出したわけでもないのによく通るその声を聞いた瞬間、イリリアはハッと息を飲んで顔を上げた。

――あ…、この声は……！

脳裏に金色の光が広がる。陰鬱な地下牢の冷たい石床の上で聞いた声。

――あの声だ…！

「陛下…！」

ざわめいていた空気が一瞬で引きしまり、多くの人々がいっせいに頭を下げたとき特有の衣擦《きぬず》れの音がする。それから芝生を踏み分ける確固たる足音が続いて、イリリアの前で止まった。まるで雨雲のすき間から光が射したように、あたりがふわりと明るくなる。

「離してやれ」

抑揚《よくよう》のない、けれど底知れない威厳に満ちた声が聞こえたとたん、身体を圧迫していた拘束がゆるむ。

「立たせろ」

さっきまでイリリアを地面に押さえつけていた男たちが、今度は左右から腕をつかんで立ち上がらせた。そして王の指のひと振りで背後に退がる。そのままひとりで〝陛下〟と呼ばれた男の面前に立たされたイリリアは、身体をぐらぐら揺らしながら、うつむいていた顔を上げた。そして男の顔を見た瞬間、またしても「あ…っ」と息を呑んだ。

まるで夜空に輝く星のように、稜々《りようりよう》とした光を発している。見上げるほどの長身と広い肩幅、そしてイスリル特有の長い中着とゆったりした外衣越しでも分かる、厚い胸板の持ち主だった。長い手足には力がみなぎり、夕陽を浴びた琥珀《こはく》のような赤褐色の瞳には聡明さと獰猛《どうもう》さが同居している。無造作にうしろにかき上げただけの癖のない長い黒髪は、長さが不揃いなせいか、野性的な威厳と魅力を見る者に与える。

奥二重で切れ長な両目と筆で描いたような眉、まっすぐ通った鼻筋とほんの少し厚めの唇が収まった顔立ちからは、男らしく精悍《せいかん》でありながら怜悧《れいり》さも窺わせる。そして何よりも、その身が発する威風にイリリアは圧倒された。

威風という言葉は知らなくても、赤くなるまで焼けた鉄塊に近づくと熱気に押されるように、氷塊の側に寄ると冷気に包まれるように。王から吹き寄せる、目に見えない濃密な威圧感にイリリアは身体の芯から震えが走るのを感じた。

鳩尾《みぞおち》から手足に向かって、矢のように。真夏に閃《ひらめ》く稲妻のように。

全身が震えて痺れるほどの不思議な感覚に包まれる。視線も意識も何もかも、圧倒的な存在感を放つ王の姿に吸い寄せられて一瞬も離すことができない。

「あ……、あの…、あの…」

あなたはまえに、地下牢でぼくをたすけてくれた人ですよね？

お礼を言いたくて無意識に両手を伸ばしかけたとき、周囲の人垣からたまりかねたような声が上がった。

「王よ、その物は偽者でございます！」

王が声の出所に顔を向けると、さらに何か言い募《つの》ろうとしていた男は、まるで剣でも突きつけられたように怯えた表情で口をつぐんだ。視線だけで抗議を抑えた王は、ぐるりと頭をめぐらせ、背後に控えていた神官たちに向かって問いかける。

「あの者は確かブライファンク家の傍流《ぼうりゅう》アモディウス家の当主だったな。彼の主張をどう思う？　この庭に立っている神子候補たちは、全員そなたら神官たちの厳しい選別を受け、正しく神の啓示を受けた神子候補として、認められた者だと聞いていたが」

「…っそれは」

うっと言葉につまった若い神官の反応を面白そうに見やってから、王は、ひときわきらびやかな長衣に身を包んだ白髪の老人に視線を向けた。

「大神官、違うのか？」

純白の長衣全体にびっしりほどこされた金糸刺繍のまばゆさとは対照的に、その身にまとわりつく——いや、老人自身が発しているのか——靄は、この場にいる誰よりもどす黒く、臭気までただよってきそうだ。イリリアは本能的に後退ろうとして、背後に控えていた衛士にはばまれた。

大神官は一見柔和そうな笑みを浮かべ、王に向かってかすかに頭を下げてみせたが、その奥に、思い通りにならない口惜しさを押し隠しているようにイリリアは感じた。

「相違はございません。ここにいる神子候補は全員、神によって印を与えられた者たちでございます。その者がブライファンク家の嫡子クリスティオであろうとなかろうと、神子候補であることに相違はありません」

大神官の言葉に、王は満足そうな表情を浮かべてうなずく。そして周囲をぐるりと見わたして、よく通る声で宣言した。

「聞こえたか？　この者の出自がどうであろうと、有能なる神官団の選別を受けた神子候補として予の前に立った時点で、余人がとやかく意見を差しはさめる存在ではなくなっている。ましてや、王である予の目に留まったのだから」

含みを持たせた物言いに、大神官を含めた神官たちがハッと息を呑んで目を瞠《みは》る。

「……王…陛下、まさか…!?　まさか、その者を……――」

うろたえる神官たちを睥睨《へいげい》して、王はにやりと笑みを浮かべた。

「そのまさかだ」

王はそう言ってイリリアに向かって手を差し出した。

「この者こそ、王の伴侶となる神子だ」

周囲からいっせいに「おぉ…！」という驚嘆の声が上がる。ざわめきの大半は困惑と失意と落胆で、喜びや歓迎の色はほとんどない。特に神官たちの動揺と狼狽は大きく、イリリアに向けられた視線は非難に満ち満ち、憎しみすら籠もっていた。

押し寄せる負の感情に息がつまりそうだ。どろどろと渦巻きながら自分に襲いかかる暗色の靄の中、ただひとつ清らかで美しい光を放っている手のひらに、イリリアは思わずがりついていた。それがどんな意味を持つのかも知らず。

王の腕に。溺れた者が藁をつかむ必死さで。しっかりにぎりしめた瞬間、汚泥《おでい》のようにまとわりついていた靄が消え、視界がすっきりと澄みわたった。

「……うぁ？」

イリリアが驚いて顔を上げると、わずかに目を見開いて自分を見つめる王の顔が間近にあった。前よりくっきりよく見える。睫毛《まつげ》の数まで数えられそうなほど。近くで見ると、澄んだ瞳の美しさに胸がドキドキと高鳴った。

嬉しくなってにっこり微笑むと、なぜか視線を逸らされた。

とたんに胸がきゅっと引きしぼられたような、不思議な痛みが生まれる。

――なんでだろ…？

わけがわからないまま、イリリアは空いた手をにぎりしめて胸を押さえ、救いを求めて王の顔をのぞき込んだ。しつこいとか鬱陶しいと思われて邪険にされ、不興を買うという可能性には少しも思い至らない。ある意味、無邪気なほど己の気持ちのままに行動する。

それに気づいた王は逸らしていた視線を戻し、わずかに眉根を寄せて、感情のこもらない突き放すような平淡な声で訊ねた。

「そなたの名は？」

「イリリア」

質問に答えられることが嬉しくて、即答しながらもう一度にっこり微笑むと、王は視線を逸らす代わりに珍獣でも見るような目つきで、イリリアの顔とイリリアがにぎりしめている自分の腕を交互に見つめてから「来い」と短く命じて踵《きびす》を返した。

イリリアは振り払われてしまわないよう、置いて行かれないよう、王の腕をしっかりとにぎりしめたまま、歩幅の違う王と一緒に庭の奥へ向かった。

庭を横切ってたどりついた先は、大樹の根元に湧いた小さな泉の前。

背後からぞろぞろついてきた証人兼見物人と、選定から洩れた神子候補たち、そして神官たちが所定の位置につくと、王は大神官に向かってうながした。

「はじめよ」

大神官は何か言いたげに王を見つめていたが、やがてあきらめたように大きな溜息を吐き、居住まいを正して泉に杖の先端を浸《ひた》した。

「一なる神よ祝福を与えたまえ。偉大なるその御名において、イスリル国王レグリウス・ハライン＝ゴルトベルグに祝福を与えたまえ。偉大なるその御名において選ばれし神子、賢明なる王の傍らを歩き、いかなる苦難をもともにし、その御代を守護すべき伴侶に祝福を与えたまえ――」

続いて神を讃《たた》える聖句を十ほど厳かな声で唱え終わると、泉に浸していた杖を引き上げ、

濡れた先端で王の手とイリリアの手に触れた。

「一なる神の息吹により、ここにイスリル国王レグリウス・ハライン＝ゴルトベルグと」

そこでいったん言葉を切り、イリリアに向かって目配せしたが、イリリアは意味が解らずぽかんと見返しただけだった。代わりに王が必要な答を与える。

「イリリアだ」

大神官はコホンと小さく咳払いして再開した。

「――イリリアなる者の縁《えにし》が結ばれたことを宣言する。その御代つつがなきことを祈念す。神祖ラミリオとイスリル歴代の王タウルム、ラルヴァ、マラキア、フレイム――」

驚いたことに、大神官は五十個近い名をそらで唱えてから、最後にもう一度、泉に浸した杖の先端を王の爪先とイリリアの爪先に当てて水滴で濡らした。

「永久《とわ》に栄あれ一なる御神《おんかみ》。栄あれイスリル国王レグリウス・ハライン＝ゴルトベルグ。栄あれ、イスリルの神子…イリリア。栄あれ」

そこで大神官は顔を上げ、離れた場所で儀式を見守っている人々に向かってどこか投げやりめいた口調で言い放った。

「一なる神の御名において、ここにイスリル国王が神子を得たことを宣言する！」

おぉ…というどよめきが起きると、王の顔にはしてやったりという表情が、大神官の顔には苦々しい表情が浮かんだが、どちらもほんの一瞬で、気づいたのは側にいたイリリアだけだった。

♣　国王レグリウス・ハライン＝ゴルトベルグ

儀式が終わって、神子はいったん神官たちと共に神殿へ引き上げる段になっても、イリリアは王であるレグリウスの腕にしっかりしがみついたままだった。大神官カドーシャが「さあ、神子様はこちらへどうぞ」とうながしても、頑《かたく》なに離れようとしない。

端目《はため》には、夏場に大木の幹にたかる白蠟蝉《はくろうぜミ》のように見えただろう。なぜ白蠟蝉かといえば、イリリアの髪は六十歳近いカドーシャにも見劣りしない見事な白髪だからだ。

瞳の色は青色なので、生まれつき色素のない白兎病《はくと》とは違う。

自分が動こうとするたび、置いて行かれまいと腕にぎゅっとしがみつく細い指の感触と、視界の端でぽやぽやと揺れる蒲公英《たんぽぽ》の綿毛のような白髪に、レグリウスは苛《いら》つきはじめていた。

こちらの許しも得ず、こうまで無遠慮に身体に触れられるのは、記憶にある限り十年来一度もない。儀式のために手は取ったが、終われば離すのが礼儀。ましてやこちらが「離せ」と何度も仕草で伝えているのに。王の意向を無視して勝手に振る舞うのは、単に常識知らずなのか、それともこちらを侮《あなど》っているのか。

王たる身分を軽んじられるのは何よりも腹が立つ。少年時代に散々、軽視された記憶がよみがえるからだ。

「いい加減、手を離せ」

一軍を率いる将軍ですら震え上がると言われる鋭い眼光でにらみつけ、冷たい声で言い放つと、イリリアは恐れ戦いて平伏し無礼を詫びる代わりに、きょとんと目を見開いて小首を傾げた。手を離す気配は微塵《みじん》もない。言葉が通じないのかと思うほど愚鈍な反応に苛立ちが募る。レグリウスはもう一度、声に凄味をきかせて命じた。

「離せ」

「やだ」

予想もしていなかった答えに、一瞬反応が遅れた。

自分の肩に届かないほど背が低く、弱々しそうに見える少年の、どこにこれほど強情で不遜な意思が隠れていたのか。レグリウスは次に発する言葉を選びあぐねた。

不敬を理由に捕らえて謹慎を命じるか。与えたばかりの神子の身分を剝奪して投獄するか。どちらも神殿の権威を傷つけ侮辱する行為だが、別に構わない。むしろそうした方が、神殿側の要求には容易に応えない王としての姿勢を示す機会になる。

神官たちの力を増すためだけに名ばかりの〝神子〟を仕立て上げ、神の威光を盾《たて》に王権を侵蝕《しんしょく》しようとする神殿勢力のやり方には反吐《へど》が出る。今回の神子選びも、最初からすべて仕組まれた茶番だった。神子候補に選ばれた男女は、誰を選んでもどれかの神殿派閥、もしくは有力貴族の利益誘導に繋がるようになっている。

本当は誰も選びたくなどなかったが、事前に『王が神子を選ばなければ、国土が衰退する』というまことしやかな噂をばらまかれ、愚かなことに国民がそれを信じてしまったがために、やむなく茶番につき合う羽目になったのだ。

他のことならこれほど簡単に神殿側の好きにはさせないが、今回の噂は根も葉もないものではなく、三百年ほど前までは本当に神通力を持った神子が王を助け、国土に安寧《あんねい》をもたらしたという史実があったため、噂を消しきることができなかった。

細くて貧弱な体格のイリリアは、レグリウスが腕を上げればそのまま「ぶらん」とぶら下がってしまいそうだ。いっそそのまま振りまわし、遠くに投げ捨ててしまおうかと、本気で上腕に力を込めたとき、主君の不機嫌を察した近衛《このえ》隊長のベルガーが一礼して近づき、イリリアの細い胴をつかんだ。

「や…」

イリリアの喉から、縊り殺される瞬間の兎のような弱々しい声が洩れる。強面《こわもて》の近衛隊長ベルガーはそれを無視してイリリアの身体をぐいと引っぱった。

「やぁーーーっ!!」

イリリアはまるで二歳か三歳の幼子のようにあられもない声を上げ、死にものぐるいの力でレグリウスの腕にしがみついた。王のために、特別に目を積んで仕立てられた上衣《うわぎ》でなければ、袖が破れていただろう渾身の力で。

「――や…、やだ！　やだやだぁっ……！　王さま！　王さま…ッ！」

ここで引き離されたら二度と会えなくなる、今生の別れを強《し》いられた恋人か、子どもを取り上げられた母親かと思うような必死な形相で悲鳴を上げる少年の姿に、庭に残っていた大神官カドーシャと神官たちが一様に目を剝く。

鉄面皮《てつめんぴ》と揶揄《やゆ》されるベルガーの表情はさすがに変わらなかったが、イリリアの胴をつかんだまま「どうしますか」と視線でレグリウスに確認してきた。

「たすけて王さま、たすけて…！　王さま…！」

泣きじゃくりながら、上着がひっぱられて首が絞まりそうなほどしがみつかれたレグリウスは、いい加減面倒くさくなって、青天《せいてん》の霹靂《へきれき》のような気まぐれを起こした。

「よい。そのまま捨ておけ」

「…はっ」

ベルガーは一瞬だけ何か言いたげに瞳を揺らしたが、王の言葉には逆らわず、すぐさまイリリアを離して身を退《ひ》いた。

拘束が外れたとたん、イリリアは改めてレグリウスの腕にぴたりとしがみつき直した。

そのままぐすぐすと鼻を啜《すす》り、ひっくひっくとしゃくり上げる。

──なんだろうな、これは…。

一連の行動すべてが演技とは思えない。

思えないからこそ疑わしい。

とはいえ、利用するつもりで神子に選んだのは自分だ。せいぜいこの機会を有効に活用させてもらおう。レグリウスは内心で溜息を吐きながら、カドーシャに告げた。

「ご覧のように、神子殿はいたく予を頼りにしているようだ。しきたりだからといって無理に引き離し、そなたら神官の手に世話を委《ゆだ》ねるのもしのびない。このように懐かれて、予も神子殿のことが愛《いと》しくなった。慣習を破ることになるが、このまま予の居室に連れ帰りたいと思う。許可をいただけるかな？」

年長者を立てて下手《したで》に出ると、カドーシャは自尊心をくすぐられたようだった。しかし王の伴侶という、味方につければ最大の手駒になる神子の身柄確保を簡単にあきらめるわけがない。

それならそれで構わない。こちらとしては、カドーシャたちが一から十まで組み立てた茶番を覆し、予想外の人間──お家騒動に利用された、どこの馬の骨とも分からない少年──を神子に選んでやったことで溜飲は下がっている。白兎のようなこの少年がこの先カドーシャの教育を受け、神殿の手先となって自分にまとわりついてきても、当初の予定通り無視するだけだ。万が一こちらの要求が通れば、神殿側の有力な手駒をひとつ奪ったということで、予期せぬ収穫にはなるが。強欲なカドーシャが許すはずはない。

「交合の儀を行う前でありながら、すでにそれほど強く絆を結ばれるとは重畳至極《ちょうじょうしごく》。吉兆と申せましょう。しかしながら新《にい》神子のお世話と教育は古来より我ら神官の大切な務め。しきたりを曲げることは凶事に繋がります。ここは聞き分けよく、我らにお任せください。さ、新神子様、恐がることなど何もありませぬ。心安く我らの手をお取りください」

正体を知らない者には神の顕現《けんげん》とも称される、慈愛に満ちた笑みとともに差し出したカドーシャの手を、イリリアは鼻頭に皺を寄せて拒絶した。

「ぜったいに、や、だ！」

保身のための迷いが一切ないのは、カドーシャに逆らうことの怖さを知らない故か。決して賢いとは言えず、褒められたものでもない愚かな返答だが、あまりにもきっぱりしたイリリアの態度に、レグリウスは少しだけ気分がよくなった。――いや、かなりよくなった。

カドーシャに面と向かって異を唱え、拒絶した者を初めて見た。

それが無知ゆえであったとしても、好々爺然《こうこうや》とした笑みに惑わされず、神の恵みを盾に権力を行使する大神官ではなく王である自分を選んだイリリアに対して、砂ひと粒ほどの好意が芽生えた瞬間だった。

「どうする？　この者のしがみつく力はさきほど証明済みだ。無理に引き剝がそうとして、予の腕が抜けるのは御免蒙《ごめんこうむ》りたいのだが」

蝉か狒々《ひひ》の子のように我が身にしがみつかませたまま、私室に連れ帰りたいという意向をもう一度伝えると、笑顔のまま動きを止めていたカドーシャは、少し困った表情を浮かべて仕方なさそうにうなずいた。それが決して本意でないことは、額に浮いた血管がひくひくと蠢いていることで明らかだ。とはいえ、さすがに王の望みを二度まで否定するのは得策でないと判断したのだろう。

「わかりました。それでは新神子様のお気持ちが落ちつくまで、三日の猶予を差し上げましょう。三日です。三日後には〝交合の儀〟を執《と》り行い、そのあとはしきたり通り、我らがお迎えに上がりますこと、どうかお忘れなきように」

「わかった」

小さな勝利を手に入れたレグリウスは、垂れた鼻水をこともあろうに王の上着で拭いているイリリアに一瞬眉根を寄せてから、小脇に抱えて悠々と〝選定の庭〟から立ち去った。


「見たか、やつらの顔を」

王城の中で最も警備が厳しく、王個人に忠誠を誓った近衛騎士たちと、顔も性格も生い立ちまでも知り抜いた側近だけしか出入りできない王城北翼――別名奥宮の私室に戻ったレグリウスは、影のようにつき従っている近衛騎士隊長のベルガーに声をかけた。

エドワース・ベルガーはレグリウスより十二歳上の三十九歳。髪は濃灰色で瞳は緑。

長身のレグリウスよりさらに拳ひとつ分ほど背が高く、身体の厚みもレグリウス以上の偉丈夫《いじょうふ》だ。レグリウスが生まれたときから従者として仕え、長じたのちは近衛騎士として仕えている。

レグリウスが王位につく前は、年の離れた兄か父のようにレグリウスを慈《いつく》しみ、時に厳しく接して成長を助けてきた。レグリウスが王位についた後も、彼の身命と安全を誰よりも気にかけ、自分の命より大切に想っている。

ベルガーは王の腕にしがみついたままのイリリアから一時も目を離さないまま、油断のない目つきで「はい」と答えた。

「予《い》がこれを神子に選んだ瞬間のカドーシャの顔ときたら！　十一年前に予が生きて王都に戻ったとき以来の驚きようだったな」

レグリウスは「ククク…」と笑いながら、侍従のハルシャーニの前に立った。

ハルシャーニはベルガーと同じくレグリスに命を捧げている青年だ。

歳は十九と若いが、頭の回転が速く、レグリウスの表情やわずかな仕草から何を望んでいるか、どうして欲しいかを機敏に察して動くことができる。十年前に神殿の派閥争いに巻き込まれて両親と姉を亡くし、自身も殺されるところをレグリウスに救われ、生涯の忠誠を誓った。警戒心の強いレグリウスが私室への出入りを許し、身のまわりの世話を任せる程度には、気を許している数少ない人間のひとりだ。

ハルシャーニはイリリアの存在に目を丸くしたものの、口に出しては何も言わず、王が望むとおり上着の前釦を素早く外し、流れる水のようななめらかさで右袖を引き抜いた。レグリウスはその動きを引き継いで左肩から上着を滑り落とし、必死にしがみついていたイリリアごと左袖も脱ぎ捨てた。一連の動きは瞬き数回分にも満たない早業だ。

「はぅ…！」

油断していたのか、支えを無くしたイリリアは呆気なく床に転がった。まるで木から落ちた蝉のように。手に王の上着をにぎりしめたまま呆然とした表情でレグリウスを見上げ、それからあわてて立ち上がり、今度は脚にしがみつこうと突進してきた。さすがに鬱陶しくなって爪先で軽く肩を蹴り飛ばし接近をはばむと、

「うぁ」

イリリアは情けない声を上げて再び床に転がり、ごろりと一回転してから起き上がった。しかし、三度目の接近はレグリウスとの間に立ちはだかったベルガーにさえぎられて叶わない。それでもなんと近づこうとうろうろするので、うんざりしたベルガーに腰帯をつかまれ持ち上げられてしまった。

「やっ…はな、せ！　はなせ！　王さま！　たすけて！」

イリリアは生け捕りされた兎か鼠のように手足をばたつかせた。

それまで黙って王の着替えを手伝いながら一連の動きを見守っていたハルシャーニが、こらえきれなくなったらしく遠慮がちに口を開いた。

「何事でございますか？　その御方は……神殿の長衣を着てらっしゃいますが、まさか」

儀式用の上着と中着を脱ぎ、裾も袖も短く細く、動きやすい部屋着に着替えたレグリウスは、ベルガーに持ち上げられてじたばたしているイリリアを横目に見ながら、長椅子に腰を下ろし、ふう…とひと息ついて素っ気なく答えた。

「その『まさか』だ」

ハルシャーニは大きな目をさらに大きく見開いてベルガーに視線を走らせ、彼が小さくうなずいたのを見て王に視線を戻し、最後に、暴れ疲れてぐったりしてしまったイリリアを見た。

「あれ…が？」

思わず言ってしまってから急いで閉じた口元を手で覆い、非礼を詫びる。レグリウスはおかしそうに笑って侍従の失態を見逃した。

「そうだ。あれが、我が生涯の伴侶となる神子殿だ。――馬鹿馬鹿しい。だが使い途《みち》はある。ハルシャーニ、おまえにそれの世話を任せる」

「私が…ですか？」

「そう不満そうな顔をするな。目を離して神殿側に利用されるくらいなら、近くに置いて手駒にした方がいい。余っている寝室で寝起きさせればそう手間はかからんだろう。ああそれから、世話を焼くのはいいがよけいな知識は与えるな」

「…はい」

「ベルガー、それの素性を調べてくれ。ブライファンク家が引き取る前、どこで何をしていたのか。暗殺者や間諜《かんちょう》ではないと思うが、念のため」

「御意《ぎょい》」

ベルガーは律儀に一礼してから、手に抱えたままのイリリアを思い出したように少し持ち上げて、どういたしますかと目で訊ねた。

レグリウスは行儀悪く長椅子に脚を上げて寝そべりながら天井を見上げ、小さく溜息を吐《つ》いた。ベルガーが手を離したとたん突進されて、またしがみつかれるのは御免だ。

「檻でも作って入れておくか」

「畏《かしこ》まりました」

真面目なベルガーがさっそく廊下に出ようとしたので、手を上げて呼び止める。

「冗談だ」

ベルガーは主の珍しい反応に片眉を上げてから、腕に掲げた新神子と主君の顔を交互に見くらべ、ふと気づいたように口を開いた。

「新神子殿は、気を失ったようです」

「それはちょうどいい。予備の寝室に放り込んでおけ。執務が終わったら予が直接相手をする。それまではハルシャーに任せる。目を離すときは、鍵をかけ忘れるな」

「御意」「畏まりました」という返答を聞きながら、レグリウスは勢いよく立ち上がった。

神子選びなどという茶番で午前を丸々つぶされてしまったが、午後からはようやく仕事ができる。

私室を出ると柱の影ごとに、守衛が彫像のごとく立ちならんでいる廊下を進み、入口出口どちら側にも門衛が立っている扉を三回ほどくぐり抜けると、ようやく守衛の姿が目立たない区域になる。代わりにレグリウスの左右と後ろには精鋭の近衛騎士たちが取り巻いて、不測の事態に備えている。

城中を移動するとき、レグリウスが独りになることはほとんどない。どこに暗殺者が潜んでいるか分からないからだ。護衛を率《ひき》いるのはなにも王だけの特権ではない。ある程度権力を持った人間なら当たり前の光景だ。

イスリルの王城内をひとりでうろつけるのは、よほど己に自信のある無謀者か、政治的になんの影響力も持たない無害な人間くらいだろう。

現在、イスリルで暗殺の可能性が最も高い人物のひとり、レグリウス・ハラインは今から二十七年前、イスリル王家ゴルトベルグ家の嫡男《ちゃくなん》としてこの世に生を受けた。

二年後には弟が生まれたが一歳の誕生日を迎える前に死亡。死因は表向き病死と発表されたが、実際は毒殺。それも、本当は嫡男であるレグリウスを狙ったものだった。

愛する息子を暗殺の魔手から守るため、国王と王妃はレグリウスを王城の奥深くに隠した。レグリウスは安全と引き替えに、行動範囲が狭くほとんど幽閉に近い環境で育った。

当時のゴルトベルグ王家は、王位を窺う三人の王弟たちが神殿の三大流派とそれぞれ手を組み、水面下で熾烈《しれつ》な争いをくり返していた。

神殿の三大流派とは古信仰派、源流回帰派、新約派の三つで、当時は源流回帰派が勢力を誇っていたが、同じ流派の中にも微妙に主張の異なる派閥があり、共食いともいえる争いが頻発《ひんぱつ》していた。王弟たちにはそれぞれ妻と子どもがおり、婿《むこ》の栄達を願う妻の実家の思惑、そして神殿の流派派閥の思惑などが複雑にからみ合い、混沌とした泥沼状態に陥っていた。

そんな中、レグリウスが十三歳になったとき、両親である国王と王妃がついに命を落とす。死因は病気でも事故でもない。夜半に何者かが王と王妃の寝室に忍び込み、寝込みを襲ったのだ。

血の海と化した寝台の上には、斬り落とされた王の首だけがごろりと置かれ、途方に暮れた表情で空を見つめていた。胴体は床に、無造作に転がされていた。王妃は首こそ落とされていなかったが、首から腹にかけてぱっくりと切り裂かれ、臓物をさらけ出した姿で放置されていた。

なんの覚悟も準備もなく、たまたま偶然、隠し通路を使って父母を訪ねたレグリウスは、暗殺者が立ち去った直後の寝室に足を踏み入れ、凶行の跡を目《ま》の当たりにしてしまった。

その場に居続ければ犯人に仕立て上げられる危険性に思い至り、逃亡を勧めたのは当時二十五歳になっていた側近のベルガーだった。レグリウスはほとんど着の身着のままで城外へ逃げのびて、そのままベルガーとふたりきり、何年にもわたる逃亡生活をはじめた。

最初に身を隠したのは王都の下街で、ベルガーが情報収集と仲間集めに奔走している間、レグリウスは生まれて初めて経験する広い世界に圧倒されていた。

両親を斬殺《ざんさつ》され、その現場を目撃してしまった衝撃は心に深く——本人が自覚するよりずっと深く癒えない傷を残したが、目まぐるしく変わる日々の中では嘆きや悲しみに浸る暇はなく、復讐を強く誓うことで己を鼓舞《こぶ》するしかなかった。

ベルガーが集めてきた情報によって、両親の殺害を命じたのは王弟のうちの誰か。おそらく末弟のエデッサ公だろうということが判明した。背後にはエデッサ公と手を結んでいる神殿の最大勢力、源流回帰派の暗躍が濃厚にただよっている。レグリウスは復讐人名簿の先頭に叔父エデッサ公の名を刻み、ベルガーの勧めに従って身体を鍛えながら、市井《しせい》の暮らしに身を馴染ませていった。

両親の死を嘆き、復讐に燃える心とは別に、十三歳の柔軟な心身は初めて体験する市井の暮らしを興味深く受け入れていた。見るもの聞くもの味わうもの、すべてが新鮮で面白く、城の奥深くの限られた人々との交流だけでは決して得られない、心の機微を学ぶ好機でもあった。

両親の庇護の下、城の奥深くに隠されて大切に育てられていたときは、たとえ教育係から『無闇に他人を信用してはなりません』と教えられても実感は湧かなかった。しかし城と両親の庇護を失ったとたん、ごく早い段階で否応もなく、実地で経験する機会が訪れた。——最悪な事例として。

経緯は簡単だ。ベルガーが外出している間、レグリウスは潜伏していた下街で同い年の少年と仲よくなり、親友といって差し支えないほど心を許すようになった。初めてできた年の近い友人だったからだ。

だが、レグリウスの潜伏場所に気づいたエデッサ公の手先が少年の存在を利用した。

エデッサ公の手先に脅された友人は、家族の安全を保障してもらい多額の金を受けとる代わりに、レグリウスに毒を盛った。

初めてできた友人に心を許していたレグリウスは、あっさり毒入りの食事を口にして死にかけた。助かったのは単に運が良かっただけ。もしかしたら友人——いや、元友人が罪の意識に負けて仕込む毒の量を減らしたおかげかもしれないが、毒との戦いから生還したレグリウスは、その可能性をきっぱり無視した。そんなことで相手に情を残せば、ふたたび同じ目に遭うかもしれないからだ。

人を安易に信じることは愚か者の証《あかし》。

心に深くそう刻み、ベルガーとふたりで王位奪還の旅に出た。

殺《や》らなければ殺られる状況で国内各地を転々としながら仲間を集めて三年あまり。

父母の旧臣や、王位を簒奪《さんだつ》したエデッサ公に不満を持つ者、善意の協力者、下心のある賛同者、そして民の不満を上手に利用して勢力を増しつつあった神殿の新約派など、清濁入り交じった協力者を集める過程で、大人たちの汚い権謀術数を目の当たりにし、政治力を身につけながら成長した。城の奥深くに座していては、決して知ることのできなかった貧民や庶民の暮らしぶりを目にして、実情や国力も把握していった。

十六歳になると神殿の派閥争いを利用して王都を奪還。正当な王位継承者として簒奪者を排除し、即位した。

その後しばらくは、即位に最大の功績があった神殿新約派たちの意に添い協力的なふりをしながら、王自身に忠誠を誓う勢力を構築することに集中した。目立たず地味だが、彼らがいなくては政務が滞る部署の下級官吏などを積極的に登用し、名ばかりで実態のない部門を廃止して恨みを買わないよう、別に新たな部門を設立して実務面での成果を上げ、将来の長官や局長を秘かに育成しつつ、彼らの忠誠と人気を得てきた。

即位から八年が過ぎ、腐敗した上官たちにとって変わる人材がある程度育ったところで、レグリウスは人事を一新し、宮廷の勢力分布を変えた。両親の仇《かたき》であるエデッサ公に与《くみ》していた者たちは追放するか閑職に追いやった。

宮廷人事がある程度落ちつくと、次に着手したのは、王の後見人を公言してはばからず、権力を手にして我が世の春を謳歌《おうか》している神殿勢力を削《そ》ぐ作業だ。

彼らから取り上げるべき特権は、両手の指では足りないほど多い。

犯罪を犯しても国法では裁くことができず、神殿独自の神法に委ねなければならない不公平。神殿建立を理由にすれば一方的に住人の立ち退きを要求できる権利。名目は寄進だが半ば強制的に徴収される神殿税。神殿所領から上がる莫大な収益のほとんどに税がかけられず、富はすべて神殿の金倉《かなぐら》に蓄積されている。

こうした特権に対抗できる王の武器はただひとつ、大神官の罷免《ひめん》権だ。ただし濫用《らんよう》しても意味がない。気に入らない大神官をひとり罷免しても、次に送り込まれてくるのも前と同じ、神殿の利益を最優先に考える人間だからだ。

王にできるのは、大神官個人の保身や欲望をうまく利用して、権力の座を失いたくなければこちらの要求にも応えろと脅し、譲歩を引き出すことくらい。歯痒くて仕方ないが、一朝一夕で改革できるわけもない。今は下準備をしながら機会を窺っている状態である。

それよりも喫緊《きっきん》の問題は、先日の洪水で破壊された水路の補修だ。

ここ数年、くり返し起きるようになった洪水と局所的な干魃によって土地と作物、そこで暮らす民にも被害が出やすくなっており、根本的な対策が必要になっている。レグリウスはこれまでに上がってきた何百枚もの報告書に目《め》を通し、担当官たちの話に耳を傾けてきたが、責任の所在は明らかにならず、補修工事の目処も立っていない。

壊れた水路の一部が神殿の所領を通っているせいだ。

――神の愛を説くだけで、民の苦しみなど分かろうともしない強欲者どもめ。

心の中でこきおろすと、まるでそれが聞こえたかのように、件《くだん》の大神官と高位神官どもが廊下の角からぞろぞろと姿を現した。

「これはこれは、国王陛下。ちょうど今、執務室にうかがおうとしていたところです」

「それはよかった。予もそなたらと話をしたいと思っていたところだ」

「新神子さまのご機嫌はいかがですかな？」

「機嫌はすこぶる麗しいが、慣れない儀式で疲れたらしく今は部屋で休んでいる」

「さようでございますか。それは重畳。我ら神官の予想もつかぬ形で結ばれた縁《えにし》。それも初見からずいぶん陛下を慕っているご様子。王国のさらなる発展と、陛下の御代が一層栄える徴《しるし》でありましょう」

大神官カドーシャの言葉を翻訳すればこうなる。

『まったく腹立たしい。我ら神官の予定を覆《くつがえ》して勝手に神子を選びやがって。今の内にせいぜい我らの悪口を吹き込んでおくがいい。三日の期限と交合の儀が終わって、神子を取り戻したら我らの勝ちだ。神子を使って神殿の権威と富を一層増してやるからな』

彼らの真意など知り抜いた上で、レグリウスは気づかないふりをしている。

「うむ。さすが神殿が認めた神子候補だ。予もあの新神子のことは大変気に入っている。礼を言うぞ、カドーシャ」

「畏れ多いことでございます」

茶番はここまでだ。

レグリウスは神官たちとそぞろ歩いた先に現れた扉をくぐり、円卓のある小会議室に入った。中央のひときわ背もたれの高い玉座《ぎょくざ》に腰を下ろし、カドーシャや高位神官たちにも座るよううながす。

「神子の話題は尽きないが、今はそれより喫緊《きっきん》の問題がある。水路の補修工事の件だ」

椅子に座る神官たちの表情が微妙に変わる。

「グラウエン領の神官たちは自領に王軍が立ち入ることを頑として認めず、だからといって自分たちで補修工事をはじめる様子もない。水が退いて半月も経つのに護岸用の石材ひとつ用意してないそうだな。そればかりか、王である予に対して補修費用を要求し、その金で職工を集めて補修をはじめると言い張っているが、大神官の見解は？」

「グラウエン領は七百年前に聖アウストラが生まれた聖地。領地を預かる神官たちの主張はもっともなことかと思います」

「ほう？」

寝言は寝て言えと吐き捨てたいのをこらえ、レグリウスは玉座の手すりに肘をついて拳でこめかみを支え、鋭い眼光でカドーシャを見すえた。

「補修工事に金を出すのが嫌なら王軍を受け入れろ。それが嫌なら、自分たちの金で補修に取りかかれ。それ以外は認めん」

レグリウスがここまで真っ向から反対意見を言うのは珍しい。カドーシャも意外に思ったのだろう。眉尻をきゅっと上げて玉座の王をにらみつけたが、レグリウスの意思が固いことを悟ると譲歩の態勢に入った。

「グラウエン領内の補修工事が進まない最大の原因は、優秀な技師が見つからないからです。王軍を受け入れるわけにはまいりませんが、陛下の推薦で技師を手配してくださるなら、工事は明日にでもはじまるでしょう」

補修工事の進みが悪かったり補修箇所に問題が起きれば技師――すなわち王にすべて責任をなすりつければいい。カドーシャの意図など丸見えだが、レグリウスは彼の譲歩案を受け入れた。

元より治水の責は王たる自分にある。洪水の被害で苦しみ、次の洪水に怯える民に一日も早く安寧を与えるのも、王たる自分の務めだ。

「わかった。土木大臣を呼べ」

呼び出しを受けて速やかに現れた大臣に、優秀な技師をグラウエン領に派遣するよう命じると、レグリウスは次の議題に移った。


山ほどの案件に目を通して指示を出し、ときには命じ、叱責と称賛を使い分けながら、なんとか一日分の政務を終えたレグリウスが、奥宮の私室に戻ったときには夜になっていた。眉間《みけん》の凝りを指でほぐしながら衛士が開けた扉をくぐると、ハルシャーニの困惑顔と、どこからか聞こえてくるすすり泣きに出迎えられる。

「なんだ？」

脱いだ上着を受け取るために近づいたハルシャーニに訊ねると、侍従は平静を保つ努力をしながら、半日の間に起きたことを端的に報告した。

「陛下が出て行かれたあと寝室で目を覚まされた新神子さまが、なぜかひどく暴れて逃げ出そうとしたので……薬湯を飲ませて眠っていただきました。一刻ほど前にその効能が切れてから、ずっとあの調子です」

レグリウスは若い侍従の視線を追って、泣き声とドンドンと叩いたり引っ掻いたりする音が聞こえてくる扉に目を向けた。

「開けてやれ」

溜息を吐いて、背後に控えているベルガーに命じた。

豹のようにしなやかな動きで扉に近づいた男が用心しながら開けたとたん、中から白い寝衣に身を包んだ少年が転がり出た。

「あけて！　あけ…てっ…あっ――」

ベルガーの足元にどたりと膝をついたイリリアは、泣き濡れた顔を上げてレグリウスを見つけたとたん、ぱっと瞳を輝かせて立ち上がり、駆け寄ろうとしてベルガーに腕をつかまれた。

「痛…！」

「離してやれ」

ベルガーが腕を離したとたんイリリアは勢い余ってつんのめり、そのままレグリウスの胸に抱きついた。その両手は長い間扉を叩き、引っ掻き続けたせいで皮膚が破れて血が滲んでいる。爪も割れかけていた。それにもかかわらず、

「王さま…っ！」

痛みなど感じていないような嬉しそうな声と一緒に、泣きすぎて真っ赤に染まった目尻と涙に濡れた頬を向けられて、レグリウスは思わず眉根を寄せた。滅多なことでは動じない胸のどこかが小さく軋む。

「王さま、たすけて。あそこはやだ！　あそこには入れないで！」

「嫌？　寝室のことか？　いったい何が気に入らない」

「こわいから…やだ…」

「怖い？」

わけが分からずベルガーとハルシャーニの顔を見たが、ふたりとも同じように分からないと首を小さく振っている。レグリウスの表情を別の意味にとらえたハルシャーニが、あわてた表情でイリリアの胴をつかんで引き剝がしはじめた。

「神子さま！　血で王の衣服が汚れます。手をお離しください」

眉間に皺が寄ったのは決して血の汚れを不快に思ったわけではなく、レグリウスだけが頼りだとばかりに駆け寄ってきた少年の、無条件の信頼が居心地悪かっただけだ。

――鬱陶しいやつ…。

心の底からそう感じているのに、冷たく突き飛ばさないでいるのは利用価値があるからだ。「予に触れるな」と振り払う代わりに、血濡れた手の傷に触れないよう両腕をつかんでゆっくり引き離し、窓辺に置かれた長椅子までつれて行った。

「座れ」

腕をつかんだまま命じると、イリリアは意外な素直さですとんと腰を下ろした。

「僕の言うことはなにひとつ聞かなかったのに…」

どこか恨めしげなハルシャーニの言葉は聞こえないふりをする。

「薬箱を、ここへ」

レグリウスは素早く用意された薬箱と布と水を使って、イリリアの傷を手当てしてやった。ベルガーやハルシャーニがやろうとすると、身を丸めて抗うからだ。

傷をきれいに洗って膏薬を塗り、包帯を巻く。割れかけた爪は短く切り揃えてから、幅の狭い包帯を巻いて指先を保護してやる。全部まとめてではなく、指一本ずつ巻いてやったので、物をつかむのに支障はないだろう。

最後ににっこり作り笑いを浮かべてやると、イリリアは分かりやすく頬を染めて瞳を輝かせた。

——なんとまあ、あっけない。

こんなにも簡単にこちらの意のままになるとは。赤子の手をひねるより簡単とは、まさにこのことか。

もう少しやさしくしてやれば、すぐに身も心も捧げるほど心酔してくれるだろう。

イリリアは白く染まった自分の両手を顔の前にかかげ、裏にしたり表にしたり、珍しそうに眺めていたが、レグリウスが立ち上がるとあわてて自分も立ち上がり、服の端をつかんで置いていかれまいとしがみついてきた。

鬱陶しいが、面白い。

レグリウスはイリリアに向き直って顔をのぞき込み、くしゃくしゃに乱れていた髪を手櫛で調えてやった。ひと梳きごとにイリリアの表情が明るくやわらぎ、花がほころぶような笑みが浮かぶ。

これまで何人も何十人も、年端もいかない子供から妙齢まで、妃候補として多くの女性と会話を交わし、ときには肌を重ねることもあったが、ここまで無防備に自分をさらけ出した人間には会ったことがない。

おそらく、実際の年齢より精神的にずっと幼いせいだろう。

相手が陰謀や策謀をめぐらす心配のない四、五歳の子どもだと思えば、気も楽になる。

とはいえ、すべてが演技かもしれないという可能性も残っている。これがもし演技なら、イリリアは不世出の名優として栄誉栄華を極められるだろうが、その前に、王を欺《あざむ》いた咎《とが》人《にん》として断罪に処せられる運命が待っている。

「それで、怖いというのはどういう意味だ」

子どもに対するように訊ねるとイリリアは視線を揺らし、唇を何度か戦慄《わなな》かせた。

大丈夫だと力づけるように頭をひと撫でしてやると、こくりと唾を飲み込んでゆっくり口を開く。

「せまくて…くらいと、息がとまりそうに…なるから、だから…」

「それなら常夜灯を置けばいい」

自分にしてはやさしい声で言い聞かせながら手を引いて寝室まで連れ戻すと、イリリアは少したじろいだものの、素直に足を踏み入れた。続いて入ってきたハルシャーニが、磨《す》り硝子《ガラス》で覆われた小さな常夜灯を寝台の脇卓に置き、火を灯す。

やわらかな暖色に染まった部屋の壁に、三人分の影が映ってゆらゆらと揺れる。

ハルシャーニが出て行くと影はふたつになり、レグリウスが離れるとひとつになった。

そのまま独り残され、また閉じ込められると思ったのか、イリリアは急に「こわい」と叫んで寝室から逃げ出した。そのまま居間を横切って庭に面した硝子扉に張りつき、錠を外して外に飛び出してしまう。

レグリウスに危害を加えようとしたわけではないので、ベルガーも真剣に止めようとはしない。ハルシャーニも「好きにすれば?」と言いたげなうんざりした表情で眺めるだけ。

レグリウスは単なる好奇心でイリリアのあとを追った。

庭は不審者が忍び込んでもすぐ見つかるよう、あちこちに燈火が吊してあるので視界は明瞭だ。イリリアは歩きながら蔓《つる》を数本引き抜き、灌木《かんぼく》から枝を一本折り取って、庭の中央に生えている大樹の根元にたどりついた。そして幹のまわりを一、二周して、他より地面近くに梢《こずえ》を広げる枝の下にしゃがみこみ込む。

「なにをしている、部屋に戻れ」

側までやってきたレグリウスが命じると、イリリアは折りたたんだひざを腕で抱え、子どものようにイヤイヤと首を横に振った。

「ここで眠るつもりなのか？」

揶揄のつもりで訊ねると、驚いたことに真面目な顔でうなずかれ、呆れて言葉を失う。

「雨が降ったらどうするつもりだ」

意地悪く確認すると、イリリアはそろりと立ち上がり、頭上に生い茂った梢の先端を引っ張って地面まで引き下ろし、蔦をより合わせた紐と即席の杭を使って固定した。

「これでだいじょうぶ」

そう言って、梢の屋根の下にもぐり込んでごろりと寝転がってみせた。どこか得意気に見えるのは灯火が作る影のせいか。イリリアはそのまま膝を折って薄い寝衣ですっぽり包み、身を丸めてしまう。迷いのない一連の動きは野宿に慣れた者の証だ。

「虫に噛まれるぞ」

「へーき。蚊遣草《かやりそう》がそことあそこに生えてるからよってこない。それに、火があかるくて星はみえないけど、空がみえる」

「なぜ」

寝室が怖くて嫌なのか訊こうとした瞬間、「ぐぐぅうぅぅ」とイリリアの腹の虫が鳴いた。それはそれは盛大に。

イリリアは恥もせず、かといって物欲しそうな顔をするでもなく、腹が鳴るのは当たり前だと言いたげに、手元にあった草を一本引き抜いて口にくわえた。

そんなもので腹が膨れるものか。レグリウスは指先でハルシャーニを呼び寄せ、小声で毛布と軽食を持ってくるよう命じた。

毛布はすぐに届けられ、続いて軽食がやってくる。

「毒味は済ませてあります」

小声で告げながらハルシャーニが差し出した銀盆の上には、ふたつに割ったパンの中身を少しくりぬいて乳脂を塗り、そこに薄く削いで軽く炙《あぶ》った燻製《くんせい》肉と数種類の香草をはさんだものが載っている。自分が食べるものなら、目の前で毒味するのを見なければ決して口にはしないが、イリリアの分ならそこまで注意を払う必要はない。

レグリウスはパンを取り上げ、匂いを確認してからイリリアにわたした。イリリアは「わぁ！」と歓声を上げ、大きく見開いた目を輝かせてレグリウスと食べ物を交互に見くらべた。

「たべていいの？」

「食べろ」

許可を与えると、イリリアはごくりと唾を飲み、大きく口を開いた。そのままかぶりつくかと思いきや、何かを思い出したように「あ…」と動きを止め、少し恥ずかしそうに瞬きしながら、具のはさまったパンを予想外に器用な手つきで半分に割った。

香草はともかく薄切りの燻製肉はきれいに二分というわけにいかない。片方は多くもう片方は少なくなってしまった。イリリアは肉が多くはさまった右手のパンを、一瞬のためらいもなくレグリウスに差し出した。

「どうぞ。王さまもたべて」

「……ッ」

王に毒味をさせるつもりかと、憤りかけたが思い違いだった。

イリリアはレグリウスが食べるのを待たず、肉が少ない自分の分にかぶりついた。ぱくりぱくりと勢いよく咀嚼《そしやく》して飲み込む様子から、相当腹を空かせていたことが分かる。

あっという間に食べ終わり、名残惜しそうに指についた肉汁を舐めるイリリアの顔を、レグリウスは得体の知れない生き物を見たような、なんともいえない気持ちで見つめた。

それから自分の手の中にある、肉が多くはさまったパンを眺める。

「食べないの？　すごくおいしいよ」

まだ腹が空いているだろうに、自分のことより他人を心配するイリリアの顔を、レグリウスはもう一度しっかり見た。――初めてまともに見た。

かさついた青白い肌。高くも低くもない鼻。薄くて血色の悪い唇。意外に長い睫毛と、細めの眉の色は黒。瞳は青。雨に洗われた夏の空色だ。

ひとつひとつの部位は可もなく不可もなく。全体の雰囲気は地味で、特に目を惹く美点は見当たらない。その上、顔つきは幼いのに老爺のように白い髪のせいで、ずいぶんとくたびれた印象を受ける。

実際に疲れているのかもしれないと思い至ったのは、イリリアが「くわっ」と小さく欠伸したのを見た瞬間だ。

レグリウスはイリリアにもらったパンを見た。分別のある大人なら、まだ腹を空かせている子どもに返してやるのが筋。けれど少し意地悪したい気分になった。

「美味いのか。それはよかった。予もちょうど腹が空いてたところだ」

嘘ではないが、子どもの分け前を欲しがる必要は微塵もない。それでもあえて分け与えられたパンを食べてみせたのは、イリリアがどう反応するか確かめたかったからだ。失望、落胆、恨みがましさ。そのうちどれかがちらりとでも過《よ》ぎったら「偽善者」と蔑んでやれたのに。

期待に反して、イリリアの顔に浮かんだのは安心と嬉しさのみ。

レグリウスがパンを食べ終わると我が事のように喜んで、満足そうに笑った。

その顔を見た瞬間、またしても鳩尾のあたりがざらりと毛羽立つ。

不快感に眉根を寄せると、イリリアは叱られた犬のようにきゅっと首をすくめ、伸ばしていた足をちぢめて膝を抱えた。

まるで自分が苛めたみたいではないか。ますます深く眉間に皺を寄せながら、レグリウスは脇に置いていた毛布を広げ、イリリアの小さな身体をぞんざいに覆ってやった。

「ありがとう」

イリリアはうつむいていた顔を上げ、満面の笑みを浮かべる。

「王さま、やさしい。だいすき」

今度ははっきりと胸焼けめいた不快感を覚えたが、神殿勢力を削ぐための手駒として利用することを思い出し、表情をつくろう。

「そうか」

「うん。王さまは、ぼくの命のおんじん」

「ほう？」

「たすけてもらったのは、今日で二度目。だからぼくの命は王さまにあげる。王さまになにかあったら、ぼくの命をかけてたすける」

「――……それは、頼もしいな」

「えへ」

褒められたと思って照れ笑いを浮かべるイリリアの、無邪気な阿呆面《あほづら》に見切りをつけたレグリウスは、さりげなく表情を隠して立ち上がった。

力のない者の命など、爪の先ほどの価値もない。

冷徹にそう切り捨てて「悔しければ、予に認められるようになれ」と、昔ハルシャーニに放った言葉をそのまままくり返しそうになったが、止めた。イリリアにはハルシャーニのような聡明さも覚悟もない。王に仕えることの意味も知らず誇りもない。無邪気なだけで、役立たずな子ども。

だが、都合よく利用するにはそれくらいでちょうどいい。

「そなたは王の神子だ。その調子で、予と民のために働いてくれ」

額を覆っていた前髪をやさしくかき上げ、そのまま手のひらで頬を包んでにっこり作り笑いを向けると、イリリアはこちらの思惑通り、面白いくらい素直に顔を赤らめた。

庭木の下で寝るというイリリアをその場に残して、レグリウスは居室に戻った。

王の庭はそれなりに広いが、不審者が身を隠せる場所はない。茂みや花の類は少なく、あっても低く苅られ、木々の枝も見通しがよくなるよう間引いてある。

芝地を横切るように湧き水を利用した細い水路と水盤、それから浅い池があり、四阿《あずまや》もいくつかあるが、視界の終点は無愛想な石壁なので、全体的に殺風景で見ていて心安らぐことはあまりない。

庭をぐるりと囲む高い石壁は、子どもの頃に閉じ込められていた東翼奥宮殿の情景を思い出して、ときどき息苦しくなるが、暗殺者に忍び込まれるよりはましだ。

即位以来あまり変化のなかった庭に、思いがけなく棲《す》み着こうとしている塊から目を離し、室内に視線を戻す。それを待っていたかのように、目の前に報告書が差し出された。

「半日で分かった範囲なので簡単ではございますが、新神子の身元調査結果です」

「御苦労」

レグリウスはベルガーを労《ねぎら》い、長椅子に寝そべって報告書に目を通した。

『異端狩りで五年間ガラフィアの地下牢に幽閉。三ヵ月前の解放令で釈放。その後ブライファンク家に引き取られ、継嗣クリスティオの身代わりを務める』

「五年前の異端狩りといえば、カドーシャが大号令をかけてやったあれだな」

五年前のレグリウスにはまだ充分な力がなかった。新約派の神官たちが己の力を増すために行った異端狩りという名の粛清《しゆくせい》を、止めるだけの力が。

「出自は？」

「投獄された際の記録を探していますが、おそらく紛失したか、最初から記録など残していないかの、どちらかと」

「なるほど」

レグリウスはうなずいて、わずか数行しかない報告書をベルガーに戻した。

「異端狩りでひどい目に遭ったから、神官どもに連れて行かれるのをあんなに怖がったんだな。この調子でいけば、やつらがどんなに甘言を弄して取り入ろうとしても無駄だろう。——ふん。我ながらなかなか良い〝神子〟を選んだものだ」

♣　交合の儀

　王さまはやさしい。

　ぼくに毛布をかけてくれた。頭を撫でてくれた。笑いかけてくれた。

『頼もしい』と言われ『予と民のために働いてくれ』と言われて、胸に温かな空気を吹き込まれたように、ぷわりと軽くなって浮き足立つ。即席の寝床に横たわって両足でわきわきと空を蹴り、王にかけてもらった毛布をぎゅっと胸に抱きしめて目を閉じる。イリリアは幸せな気持ちのまま眠りに落ちた。

　そして翌朝。目を覚ますと、少し怖い顔をしたハルシャーニが腰に手を当てて、イリリアを見下ろしていた。

「お目覚めですか？」

「…うん。おはよう」

　イリリアは目をこすりながら身を起こし、ハルシャーニの左右や背後を確認した。

「…王さまは？」

「陛下は政務についております。夜までお戻りになりません」

　ハルシャーニの言葉は陶器が水を弾くように冷たく、馴染みづらい。けれど気にせず訊ねてみる。

「会いに行ってもいい？」

「なりません。イリリア様には今日から三日間、この庭を含む奥宮で過ごしていただきます。王が許可した場所以外の立ち入りは禁じられております」

「ふうん」

「返事は「はい」とおっしゃって下さい」

「…はい」

「けっこうです」

ハルシャーニは満足気にうなずいて続けた。

「これからイリリア様が今日一日どう過ごせばよいか、明日の予定は何か、そして三日後に行われる〝交合の儀〟についてご説明いたします。質問はあとでまとめてお受けしますので、まずはひと通りお聞きください」

そう前置きして、ハルシャーニは淡々としゃべりはじめた。

「起床は陽の出の半刻前。身を清め、神子の長衣に着替えていただき朝の拝礼。拝礼の手順はのちほどお教えいたします。それが終わりましたら平服に改めて朝食となります。朝食には陛下の御陪席《ごばいせき》を賜《たまわ》りますから、失礼のないようお願い申し上げます。陛下は無駄話を好みません。馴れ馴れしく気安い態度も厭《いと》われます。神子として節度を保ち」

「こうごうのぎって何？」

最初の注意も、難しい単語が連なる話も受け流し、一番知りたいと思ったことを訊ねたとたん、ハルシャーニの眉尻がきゅっと小気味良く上がった。

「…だって」

叱られる前に言い訳しようと口を開きかけたとたん、「質問はあとでまとめてと言ったはずですが」と怖い顔でにらまれて、イリリアは亀のように首をすくめた。

その後、長々と続いた一日の過ごし方と神子の心得、それから王の側で過ごすときの注意点については、ほとんど聞き流していたので覚えていない。一番知りたかった〝交合の儀〟についても、あまり具体的なことは教えてもらえず、結局よくわからなかった。

「まあいいや」

あまりいろいろ考えても仕方ない。イリリアは気を取り直し、殺風景な庭を端から端まで歩きまわったり、ハルシャーニが語る王の話――神官たちとの関係や、政に対する姿勢、民からの人気がどれだけ高いかなど――を、聞き流したりせずまじめに耳を傾けて二日間を過ごした。

そして三日目の朝。これまでと同じように夜明け前に起こされ、着替えと拝礼、二度目の着替えと食事を終えると、豪華な湯殿に連れて行かれ「今日はこちらで、もう一度身をお清めください」と言われた。

大理石をくりぬいた大きな浴槽に、良い匂いのする湯がたっぷり張られている。

初めて目にする贅沢な浴槽と美しい浴室に、あんぐりと口を開けて見惚れている間に、ハルシャーニの手で服を剝ぎ取られ、頭の天辺から足の爪先まで三往復する勢いで磨き立てられた。表面だけでなく、自分でもそんな場所まで洗わないよという、身体の内側まで指を入れられたときは、さすがに暴れて逃げ出したくなった。けれどハルシャーニに、「陛下のためです。ここを清めておかなければ、陛下にご満足していただけません。そればかりか、陛下に嫌われてしまうかもしれませんよ。それでもいいのですか？」と、半ば脅すように諭されて、仕方なく身を任せた。王には嫌われたくない。

身体を洗い終わると、湯殿の隣にある簡素な寝台に横たわるよう言われ、そこで全身に良い匂いのする香油を擦り込まれた。特に荒れてがさついている場所は念入りに、香油と膏薬《こうやく》で肌がやわらかくなるまで揉み込まれた。

昼食は抜きだと言われ、具のない汁物と甘い果汁やお茶だけで空腹をまぎらわせているうちに、陽が傾いて西日が眩しくなった。最後にもう一度、湯殿で後ろを洗われると、部屋に戻って髪にも香油を擦り込まれ、さらさらになるまで梳られる。

陽が落ちて空が赤銅色に染まる頃。イリリアは真っ裸の上から薄い長衣一枚を着ただけの姿で、奥宮を連れ出された。

ハルシャーニの先導で連れて行かれたのは、神子に選ばれたときの庭。

日が暮れて、あたりは濃紺色の闇に沈んでいる。その中で庭の中央にある四阿だけが、美しい灯火に照らされて幻想的に浮かび上がっていた。

繊細な装飾がほどこされた六本の柱と、それに支えられた天蓋《てんがい》。そこから斜めに吊り下げられた蚊帳《かや》は金糸で編まれているらしく、灯火を受けてきらきらと輝いている。

微風に乗って甘い花の香りと果実、乾燥させた香草を焚いた匂いが漂う。それからかすかな人いきれ。四阿から少し離れた場所に複数の人の気配がする。

「だれがいるの？」

「見証人《けんしょうにん》の方々です」

「けんしょーにん？」

「儀式が間違いなく執り行われたか見届ける方々です。さ、お入りください」

それ以上の質問はなしと言いたげなハルシャーニが、素早くたくし上げた蚊帳の中に入ると、大人が十人並んで寝られそうな大きな寝台がドンと置かれていた。その上には目も眩《くら》むような細かい刺繍がほどこされた枕がたくさん。枕の側には花や果実が山と盛られた籠《かご》、その隣には宝石のように美しい硝子瓶が何本も入った籠、さらにそのとなりにはやわらかそうな布が何枚も畳まれて置いてある。

寝台の周囲には、蔓草や雪や星を描いた美しい磨り硝子製の燭灯《しょくとう》が、ゆらゆら揺れて金糸で編まれた蚊帳に幻想的な陰影を作り出している。

「わぁ…」

甘い香りと美しい四阿の様子に、イリリアは夢見心地でぽかんと口を開け、外にいる見証人たちの存在を忘れた。

「どうぞそのまま寝台にお乗りになり、王のお出ましをお待ちください。座られても横になられてもかまいません。楽になさっていてください」

蚊帳の外からハルシャーニの声が淡々と聞こえてくる。けれど姿は見えない。燭灯が蚊帳の内側を明るく照らしている分、外は真っ暗に見える。

これから何がはじまるのか、ハルシャーニに教えてもらった説明だけでは今ひとつよくわからない。ここに来る前、いつもより時間をかけて念入りに身体を洗われ、花の匂いのする香油を塗られ、鱗粉《りんぷん》みたいな粉を薄くはたかれた。

そして、ただ王の言う通りにして決して逆らわず抗わず、おとなしくしていれば終わる。神の御前で王と神子がひとつになる儀式だと言われたが、具体的に何をするのかは教えてもらえなかった。

イリリアは大きな寝台の真ん中におずおずと座り、籠の中身を取り出してみたり匂いをかいでみたりしてから、周囲をぐるりと見まわして小首を傾げた。

「……王さまと一緒に寝るのかな？」

「そうだ」

前触れもなく、王がたくし上げられた蚊帳をくぐって入ってきた。

「王さま！」

イリリアは撥条《バネ》仕掛けの玩具のように、ぱっと振り返って笑顔を浮かべた。

一日ぶりに見る王は、まるで夜の精霊だった。

無造作に手櫛《てぐし》で整えただけの髪は星が瞬く夜空のよう。前開きの寝衣をまとっただけの体軀《たいく》は、服をきっちり着込んでいるときより逞しく見える。いつもは立襟で守られている喉元や、露わになった胸元が灯火を受けて輝く様はどこか艶《なま》めかしい。

王は堂々とした足取りで寝台に上がり、薄い寝衣を脱ぎ落とした。そのまま流れるしなやかさでイリリアの傍《かたわ》らに膝をつき、ごろりと身を横たえて上掛けを引き上げる。

「そなたも横になれ」

「はい」

王さまと一緒に寝られるなんて夢みたい。

裸になった王の逞しい姿にぼうっと見惚れていたイリリアは、いそいそと隣に寝転がり、ぴたりと身を寄せた。そのまま寝心地のいい体勢を探してもぞもぞ身動いでいると、肩を押されて仰向けにされ、上から覆いかぶさるようにのしかかられた。

「…え？」

反射的に身がすくんで手足が固まる。王は気にせず、イリリアの寝衣を留めている細い紐を引っ張って前をはだけた。前開きの寝衣の下には何も身につけていない。必要ないと言ってハルシャーニが用意してくれなかったからだ。

「王…さま?」

にぎりしめた両手でとっさに胸を押さえ、閉じた両脚を折り曲げて身を丸めようとしたけれど、王の長くて力強い手足で難なく開かれ寝床に押さえつけられてしまう。

「な…に?　なに…するの?」

「交合の儀だ」

だからそれって何と重ねて問う前に、王の大きな手のひらがひたりと胸に置かれた。

「…っ」

王の手は乾いてひんやりしている。その下でイリリアの胸は痛いほど高鳴った。王の手が動いて肩から寝衣が取り去られる。そのまま背後で軽く引っ張られると、袖に通したままの腕が、まるで縛《いまし》められたように自由を失う。

ひくり…と喉が鳴り、無防備にさらした腹部が波打った。

王の手は背中から腰骨に伝い下り、そのまま尻の割れ目に指が挿《さ》し込まれる。

「――…え?　え⁉　なに?　王さま、なにしてるの?」

「王の務めだ。そしてこれはそなたの――神子の務めでもある」

低いささやき声と一緒に、尻穴に指がもぐり込んできた。

「ひゃっ」

驚いて変な声が出た。身をよじって指から逃れようとしても敵わない。

「ま…まって、や、そこは…やだ！」

必死に手足をばたつかせても、背中にまわされた腕でがっちり捕らわれているため逃げられない。尻の穴にもぐり込んだ王の指は脂のようなぬめりを帯びていて、イリリアの抵抗など歯牙《しが》にもかけず奥へと進んでしまう。

「い…い、や…いや、いや！」

王の顔を見上げて必死に訴えた。

そこはいや。腕をほどいて。自由にして。止めて、しないで。

大きな声で叫んだつもりだったのに、実際は石を擦り合わせたような、かすれたうめきが洩《も》れただけ。

王はわずかに眉根を寄せて指を引き抜くと、イリリアがほっと息を吐く間もなく、再びぬめりを帯びた指で後孔《こうこう》を穿《うが》った。何度も何度もくり返し。そのあたりでようやく、浴室でハルシャーニが念入りにそこを洗った理由が分かった。

王が触れるから、きれいに清められたのだ。入り口だけでなく奥の方まで。

「いや…！」

前からのしかかられて片足を大きく持ち上げられ、どんなに拒《こば》もうと力を込めても抗うより強い力で曝《あば》かれてゆく。最初は一本だったのにいつの間にか二本になり、ゆるゆるとつけ根まで押し込まれては引き抜かれ、再び押し込まれて、軽く曲げた状態でぐるりと半回転されたりした。そのたびイリリアは声にならない悲鳴を上げ、額や脇に汗を滲ませた。時々まぶたを開けると、視界の端々に得体の知れない黒い影が見える。

——こわい…。

影から逃れるように目を閉じると、後孔を嬲《なぶ》る王の指に意識が向いて、やっぱり怖い。まるで秘密の小箱をこじ開けられるような恐怖に身がすくむ。いやだと言っても止めてと言っても、意に介すことなく動き続ける王が怖い。その後ろに渦巻く闇が怖い。闇の底から這い上ってくるものが怖い。

息が止まりそうな恐怖に身を震わせていると、ようやく後孔から指が引き抜かれた。けれど自由になったわけではない。

王は上体を起こしてイリリアの両腿を持ち上げた。そして大きく割り拡げた脚の間に自分の腰を押しつけて、露わになった後孔に王自身の先端をあてがった。そのまま上体を倒してのしかかられた瞬間、イリリアの脳裏で闇の底が割れた。

「……ひっ…！」

真っ黒くて大きな化け物に襲われ貪り食われてしまう。恐怖で全身が痺れて、息がうまくできない。こわくて、怖くて、唯一自由になる首を大きく振って悲鳴を上げた。

「…ぃやだぁ——」

溺れる者のように身をくねらせて、のしかかる黒い影に抗った。――抗いながら、それの圧倒的な力に自分は敵わないことを知っていた。これから起きることも知っていた。嫌というほど思い知っていた。

だからよけいに怖くて、「助けて…」「ゆるして」とささやくだけで精いっぱい。押し返そうとした腕を乱暴に振り払われ、じめじめした冷たい石の床に押しつけられて、そのままこちらの意思などお構いなしに一方的に突き上げられる。

そう覚悟して、救いなどないとあきらめて、手足から力を抜いたとたん、のしかかっていた黒い影が動きを止めた。

そのまま影が身を引くと、灯火に照らされた王さまの姿がぼんやりと現れる。

「ぁ……」

ひゅっ…とようやく息を吹き返し、イリリアは咳き込んだ。その肩を抱き寄せられ、後ろ手に絡まっていた寝衣を剝ぎ取られ、汗と涙でぐちゃぐちゃに濡れた顔を温かくてやわらかないい匂いのする布で拭われた。それから口元にひんやりとした玻璃《はり》の器を押し当てられたけれど、うまく飲めずに咳き込むと、口移しで甘い水を飲ませてくれた。

それでようやくひと心地ついて、声が出るようになる。

「王…さ…ま?」

「そうだ」

ほっと息がこぼれた唇に再び王さまの唇が重なる。甘い水はひんやりしているのに、飲み込むたびに喉や胃の腑が温かくなって、そこからじわりと熱が広がってゆく。すぐにふわふわとした、自分が溶けてしまうような気持ちよさに包まれた。

「落ちついたか？」

「…はい」

今夜初めて、まともに王さまの声を聞いた気がする。気遣《きづか》ってくれる気持ちが声と一緒に胸に染み入ってくる。

さっきまで死ぬほどこわくて必死に押し戻そうとしていた胸に、自分から身を寄せて顔を埋めると、無造作に髪を撫でられ、項《うなじ》と肩も撫でられた。

「続きをしたいが、大丈夫か？」

「つ…づき？」

「交合の儀だ。王と神子が相和《あいわ》することで、国土に安寧と豊穣《ほうじょう》がもたらされる。――要するに、そなたのここに予のこれを突っ込んで、種を与える。分かるか？」

ここにこれと、指で触られ、触らされた瞬間、ほんの少し前に思い出したばかりの記憶が舞い戻り、ひくりと喉が震えた。

「は…い…」

難しいことは分からないが、これから何をされるのかだけは知っている。

死に絶える寸前みたいな声でなんとかうなずくと、再び視界を覆うようにのしかかられて全身が硬直した。それでようやくおかしいと気づいたらしい。王は訝しげに目を細め、イリリアの顔をのぞき込んだ。

「なぜ、それほど怖れる。――もしかして肌を重ねるのは初めてではない…。以前誰かに、ひどい目に遭わされたことがあるのか？」

　ことさら低い声で訊ねられ、イリリアはもう一度こくりとうなずいた。自由になった両手をにぎりしめ、不安で波打つ胸を必死に押さえて。そのまま瞬き数回分の時が流れたあと、頭上で王がふ…っと息を吐き、ごろりと横に退《の》いた。

　イリリアがほっとして肩から力を抜くと、王は足元にあった薄い上掛けを引き上げて、ふわりとかけてくれた。

　隣に視線を向けると王は片肘をついて頭を支え、イリリアの顔をじっと見ている。

　イリリアも視線だけでなく身体ごと王に向き直り、男らしく整った顔を見つめた。

　何を考えているのか、自分のことをどう思ったのか。あまり変わらない表情から本心を読み取るのは難しい。

　嫌われただろうか。呆れられただろうか。ふいに不安になって言い訳したくなり、訊かれてもいないのに思い出したばかりの記憶について口にした。

「あの…ぼくは、地下牢にいて、どこのか分からないけどずっと長いこといて…、母さんと、ほかにもたくさん…人がいて…。力がつよくて、らんぼうな男の人がたくさんいて。鉄格子がいつの間にか消えて、ぼくと母さんはその人たちに——」

さっき王さまがしようとしたことを、最後までされた。王さまより百倍乱暴で容赦なく。嫌がっても許しを請うても、ぜんぶ無視されて。だからさっき王さまが途中で止めてくれたことに驚いた。心の底から驚いた。男が一度下半身を猛《たけ》らせたら、穴に突っ込んで出すまでは言葉の通じない獣と一緒。気がすむまで腰を振るものだと思っていたから。

訥々とそう語り終えると、王はわずかに眉根を寄せながら、イリリアの額に汗で張りついた前髪を指先でそっとかき上げた。

「そうか。ずいぶんと辛い目に遭ったのだな」

「——…つらい？」

そうなのかな？　地下の牢ではあれが当たり前だったから辛いと思ったことはなかった。

……ううん、そんなことはない。

そうだ、本当は辛かった。痛かったし苦しかった。気持ち悪くていつも泣いてた。でも涙を流したからどうなるわけでもない。だから現実を受け入れて我慢していただけ。

あまりに辛くて忘れていた過去を思い出したとたん、ぽろりと涙がこぼれた。

頬に落ちたその雫《しずく》を、王の指がそっと受け止める。予想していなかったやさしさに、収まりかけていた鼓動が再びトクンと跳ねた。

「…！」

王の手は相変わらずひんやりしていたけれど、泣いて腫れぼったくなった目元に触れられると気持ちいい。目尻を押さえた指先から王のやさしさがじんわり染み込んで、そこから全身に広がってゆく。胸がきゅっと絞られたみたいに痛むのに、甘い果汁を飲んだときのような、身悶えるほどの喜びが湧き上がる。

これはいったいなんだろう。不思議な気持ち。生まれて初めて味わう。

「王さま…」

胸を押さえてほんの少し王の胸に頬を寄せると、王はこちらの気持ちを察して腕を伸ばし、無理やりではない力強さで抱き寄せてくれた。

さっきまであんなに怖かった大きな身体が、今はなんともない。むしろこのまま眠ってしまいたいくらいの安心感に包まれる。

「他に思い出したことはあるか」

髪を撫でられてうとうとしかけていたイリリアは、王の問いにハッと目を開けた。

「他…？」

言われて素直に自分の記憶を探ろうとして、のぞき込んだ闇の深さに退散する。

思い出せたのはさっきの断片的な情景だけ。それがいつで、なぜそんな場所にいたのかは分からない。それ以上記憶をたぐり寄せようとすると、視界も頭の中も真っ暗になり、自分の身体も名前も、存在すら消えてしまいそうになる。

「…リア、イリリア！」

しっかりしろと少し強く肩を揺すられて、ようやく視界に光が戻る。灯火を受けて濃さを増した王の瞳。夕陽を浴びた琥珀色。炎を閉じ込めた水晶みたいだと思う。

琥珀や水晶を見たのはいつだっけ？　思い出せないし思い出したくないけれど、知っているということは、少なくともそれを間近で見る機会はあったということ…。

『黄水晶は女神バシリスの涙と言われているのよ』

ふいに、母の言葉が甦って、イリリアは息を飲んだ。

「あ…」

記憶は気泡のように、意識の水面に浮かんだ瞬間パチリと弾けて見えなくなる。もう捕まえられない。母の名前も顔も分からないまま。けれど、ひとつだけ思い出したことがある。

「ぼくの…なまえ」

「うん？」

「ぼくの名前が女名なのは、母さんが女の子を欲しがってたから」

生まれる前にいくつも名前を用意していたけれど、男の名前はひとつも考えていなかった。だって絶対に女の子が欲しかったのよ。女の子でなければ困るから。

「だから、生まれたのは男だったけど、悔しいから女名をつけたって」

イリリアをじっと見つめていた王の眼《まなこ》がわずかに細められ、瞳に影が差して感情が読みにくくなる。「そうか」とつぶやいた声からも、何を考えているのかは窺えない。

「他にも思い出すことがあれば、予かハルシャーニかベルガーに言え。神官どもには何も言わなくていい。何か訊かれても分からないふりをしろ」

まるで睦言《むつごと》でもささやくように、唇を寄せられて耳打ちされる。言葉の意味をあまり深く考えないまま素直にうなずきながら、くすぐったさに首をすくめて小さく笑った。

緊張が解れたのを見越したように、王の手が再び下腹に伸びてイリリア自身に触れる。

「ひゃ…」

乱暴さは微塵もない。指と手のひらを使ってやわやわと刺激され、持ち上げられたり裏側を指でなぞられたり、先端を指の腹で撫でられて息が上がった。胃の腑《ふ》に注がれた甘い水が、再び熱を放ちはじめたように全身が熱くなる。

そこに触れて弄《いじ》っているのが王の手だと思うと、それだけで下腹の奥がズク…ンと痺れたように重くなり、両脚をこすり合わせて腰を振りたくなるような、むず痒さにも似た疼きに襲われた。

「あ…ぁ、あ…、王さ…ま…」

王の腕にすがりつきながら、吐いた自分の息が熱い。

イリリアの身体の変化など、難なく見抜いているのだろう。王は再びイリリアの身体に覆いかぶさると、中断していた行為を再開した。

「怖がる必要はない。安心しろ、やさしくしてやる。痛みはほとんど感じないはずだ」

耳朶《じだ》に直接ささやかれた王の声はとろけるように甘い。こんな声も出せるんだと、少し意外に思いながら、まぶたを開けて王を見る。

きれいな横顔。あまり汗もかいていないし、頬も赤くなっていない。

自分ばかりが無様《ぶざま》に悶えてはぁはぁ言ったりうめいたり、身体中汗だらけ。さんざんに弄られている性器や後孔は王の指で塗りつけられた膏薬でぬるぬる。たぶん、すごくみっともない。脇に押しやられた上掛けを頭から被って、隠れてしまいたい気持ちになったけれど、王の腕の中から逃げ出す余裕などない。

ときどき地下牢での出来事がよみがえって、怯えたり混乱したりする度、何度も口移しで甘い水を飲ませてもらう。

「そんなに暴れるな。そなたを抱いているのはイスリルの王だ」

「は…い」

水溜まりに落ちて踏まれたパンのように、ドロドロでぐちゃぐちゃになっている自分と違い、王の声は常に落ちついているし息もほとんど乱れていない。

「脚を開いて力を抜け」

淡々と言われるがままに脚を開き、腰を上げ、かつて数え切れないほど男たちに犯された場所を貴い王の眼にさらす。王の指が出入りするたび、そこは痺れたみたいに感覚が鈍くなり、最後にはいつ入って出ていったのか分からないくらいになる。

くちゅくちゅと粘液をかきまわすような音がしばらく続き、やがて途絶えたかと思うと、自分では到底無理な高さに腰を持ち上げられ、大きく広げられた双丘《そうきゅう》の間に王自身が入ってきた。

「――――…ひぁ…ぅ…っ」

「痛むか?」

イリリアは衝撃に耐えながら首を横に振った。

痛みはない。けれど身の内を突き上げられる苦しさは覚悟したよりずっと大きい。ほとんど息ができなくて意識も飛びそうだけど、地下牢で首を絞められながら乱暴に揺さぶられたことに比べれば、なんでもない。

苦しいけれど、王と繋がれたことが嬉しい。王に求められたと思うと、それだけで甘痒い喜びが全身に広がる。理性の枠を超えた部分で喜んでいる。

勢いよく抽挿をくり返していた王が、ふと気づいたように動きをゆるめた。

「苦しいのか?」

「……ん…ぅ」

「うん」と肯定したのか「ううん」と否定したのか自分でもよく分からない。それでも王は持ち上げていたイリリアの両足を下ろし、背中を抱えるように抱き上げてくれた。

「王さ…ま、好き…、うれしい、大好き…」

気持ちをそのまま声に出し、腕を伸ばして首筋にしがみつくと、王の動きが一瞬止まる。どうしたんだろう。身動《みじろ》いで顔を見ようとしたけれど、そのまま下から突き上げられてうやむやになった。

「そのまましっかりしがみついていろ」

「…ん…、ぅう、んっ……んぅ…っ」

胡座《あぐら》をかいた王の腰に跨《また》がる形で、下からゆるやかに押し上げられ穿たれる。抽挿《ちゅうそう》だけでなく前も王の手で弄られ高められ、先端から涙を流して解放を待ち望んでいる。

王自身で小刻みに腹の中の浅い場所をこすられながら、イリリア自身の敏感な場所を指先でぞろりとなぞられた瞬間、目の前で稲妻が閃いたように頭が真っ白になった。

「――ん…ぁ……ッ」

イリリアが上げた悲鳴とうめき声は、夜の庭いっぱいに響いて溶けた。

燭灯で照らされた四阿の周囲、光の届かない暗闇の中には見証人がいて、自分たちの行為をつぶさに見つめていることなど、すっかり忘れ果てていた。

粗相《そそう》をしてしまったような解放感は背筋が震えるほど気持ちよく、そのまま消えてしま

いそうだ。全身の力が抜けて、くたりと崩れ落ちそうになった身体を強く抱きしめられ、自分の意思ではどうにもならない収縮をくり返している後孔を、ひときわ大きく突き上げられた。

「…ゃあぁ…――ッ」

腹の中でビクビクと王自身が跳ね、熱い飛沫《ひまつ》を叩きつけられるのを感じながら、イリリアは必死に、力の入らない両手で王の肩にすがりついた。

王は最後の一滴までイリリアの中に染みわたるよう、二、三度強く腰を押しつけてから、ゆっくりイリリアを持ち上げて自身を引き抜いた。

「あ…」

太いものにずっと穿たれていた場所は痺れたように力が入らない。閉じることができない後孔の縁に、中から下りてきた王の種がとろりと零れ落ちた。

「や…っ」

本能的な羞恥に身悶え、逃げ出そうとした身体を王に抱き留められ、身体の向きを変えられた。そのまま幼児が排泄するときのように後ろから両膝を抱えられて、大きく腿《もも》を割り拡げられてしまう。闇に沈んだ庭に向かって。見せつけるように。

「な…に…、何…?」

金色にきらめく蚊帳の向こうで闇がざわめく。葉擦れのような吐息と低いささやき声。

「や…いや…、……やめて、やだ」

これまで感じたことのなかった恥ずかしさに襲われて涙があふれた。

「やだ…王さま」

いやいやと首を横に振って助けを求めたのに、王の答えはにべもない。

「耐えろ。神子の義務だ」

「――…ッ」

信じられない。

王はいつもと変わらず冷静で平淡だった。その声を聞いた瞬間、火で炙《あぶ》られた獣脂みたいに蕩《とろ》けていた心と身体が、氷雨《ひさめ》を受けたように冷えて固まる。

王はまるで見世物のように、自分の種を滴らせているイリリアの身体を抱えたまま、その場でぐるりと一回転して庭全体に見せてまわった。そこにどれだけの人間がいるのか、誰なのか、どんなに目を凝らしても、灯火に照らされた四阿の内側にいるイリリアには見えない。

見えなくてよかったと心の底から思いながら、目を閉じた。

交合の儀は三日間続いた。

二夜目は見証人の数もぐっと減り、吐精の証を見せつけるような真似はされなかったが、王は一夜目のように一度果てて終わりにするのではなく、二度、三度とイリリアの中に種を放った。

「神子に多くの種を蒔《ま》けば蒔くほど、豊穣につながると言われているからです」

事後に、不機嫌そうな口調でそう教えてくれたのはハルシャーニだ。

「ちなみに三夜目は、神子をどれだけ悦《よろこ》ばせることができるかで、王の治世が繁栄するかどうかを占うと言われています。変に我慢したり恥ずかしがったりせず、素直に声を上げて悦びを示してください」

ハルシャーニに念を押されるまでもなく、三夜目のイリリアは王に翻弄されて喘ぎに喘いだ。あられもなく嬌声を上げ、「挿れて」とか「そこを弄って」と声に出して言わされ、見証人に見られていることすら快感になるほどの愛撫に身悶えた。

口移しで甘い水を流し込まれながら、胸や背中に触られ、後孔を穿たれて、生まれて初めて人と抱き合うことの悦楽を知った。

王と触れ合うことは気持ちいい。胸が温かく満たされる。

身体で感じるだけではない。何よりも嬉しかったのは、自分の言葉をきちんと聞いてもらえたからだ。

地下牢で受けた仕打ちや、名前のことも王はきちんと耳を傾けてくれて、「大丈夫だ、辛かったな」と力づけて慰めてくれた。それだけで、これまで得体が知れずただ怖ろしかった闇に光が射し、どろりとした恐怖が洗い流され、浄化されたみたいに心が軽くなった。

三日間の交合の儀の間、王はずっとやさしかった。

理不尽に怒鳴られることも殴られることもなく、何か言えば耳を傾けてくれ——中には聞き流されることもあったけれど、ほとんどのことはこちらの気持ちに寄り添ってくれる。

——王さまが好き。大好き…。

三日間の儀式を終え、朝靄の立ちこめる庭の四阿から立ち去ろうとしている王の背中を、イリリアは指一本動かせないほどの気怠《けだる》い幸福感に浸りながら見送った。

交合の儀を終えた翌日。

イリリアは王と一緒に中央大神殿に出向き、無事〝交合の儀〟を遂行して縁を結んだ証として、ずらりと勢揃いした神官たちの前で大神官の祝福を受けた。

王は黒の中着に黒の脚衣、そして黒の革靴。腰に巻いた白金の帯には儀礼用でない愛用の剣を提げ、肩には黒絹で全面に刺繍が施された黒の大外套を羽織るという正装だ。よく見れば非常に手が込んでいるのに遠目には飾り気なく見える王とは逆に、イリリアの方は朝からハルシャーニに磨き上げられて、なかなか派手に仕上がっている。

ゆるい癖のあった白髪は香油を擦り込まれ、丹念に梳《くしけず》られてさらさらに。その上から銀糸と鋼玉の粒の透し編《レース》を被せられたので遠目には長髪に見えるかもしれない。

　衣裳は光沢のある白の長衣で、貧弱な肩や腕を誤魔化すために襟は立襟。手の甲を覆うほど長い袖口は、霞みのようにふわりと風になびく薄布が二重三重になっていて、繊細な花のよう。

　腰には王とそろいの意匠だが、ひとまわり細い白金の帯を巻き、天の恵みを意味する七色の宝石の粒を、巧みに編み込んだ金鎖を垂らしている。

　長衣の裾は金魚の尾のようにふわりと長く広がり、踏みつけて転ばないためには細心の注意が必要だ。それでも何度も転びそうになったイリリアのために、王が腕を差し出してくれた。イリリアはありがたくつかまり、仲睦まじく寄り添う形で神殿の露台に歩み出て、広場に集まった群衆の前に姿を現した。

　王と神子が姿を見せたとたん、広場から「おお…！」というどよめきが上がり、喝采《かっさい》と大きな拍手が湧き起こる。夏の風と一緒に吹きつけてきた民の声には、希望や義務感、期待や苛立ちなど、様々な感情が入り交じっていた。

「みんなよろこんでる…、でも、怒って…る？」

　眼前で弾ける気泡のような民の声に驚いて、王の腕にすがりついたまま首を傾げた。

「喜んでいるのは、神子が豊かな暮らしをもたらしてくれると信じているからだ。怒っているのは、神殿のやり方に対してだろうな」

「やり方…って、ええと『神の分け前』?」

ハルシャーニに教わった。民は国庫への納税とは別に、神殿にも税を納めなければならない。それが収穫の十分の一。他にも、生まれた子どもを聖別してもらうのにいくら、名前をつけてもらうのにいくら、成人の祝いにいくら、結婚にいくら、そして最後は埋葬してもらうのにいくら…と、ことあるごとに金や物を納めなければならない。

以前は種を蒔くにも刈り取るにも、神殿の許可——要するに袖の下が必要だったという。

『陛下はそうした神殿の横暴を抑え、改革してきた者として民から人気があります。期待もされています。その分、神殿側からは煙たがられていますが』

王の姿を見て歓声を上げる多くの群衆を目の当たりにして、イリリアはようやくハルシャーニの言葉を意味を実感した。

『偉大な王の伴侶として、民もイリリア様に期待するでしょう。覚悟なさいませ』

王が軽く手を振ると、群衆がどよめく。嵐のような喝采と拍手、民の熱気に怖じ気づいて尻込みしていると、王に「そなたも手を振ってやれ」と促された。

「ぼくが?　いいの?」

「ああ。民が喜ぶ」

たとえ、神殿が政争の駒として祭り上げようとした偶像に過ぎなくても。民にとっては希望の象徴だ。

自分にしか聞こえない小さな声で、そうつぶやいた王に励まされ、イリリアは花のような袖に飾られた頼りない自分の腕を上げ、王を真似して小さく手を振った。

わあぁぁ…とひときわ大きく歓声が上がり、神子様、神子様とすがるような叫び声が聞こえてくる。

少しでも暮らしが楽になるように。

病気が治りますように。

作物が無事育ちますように。

雨が降りますように。

陽が照りますように。

声に含まれた切なる願いを手のひらで受け止めて王に寄り添うと、自分が本物の神子になったような気がして、胸がどきどきした。

広場に集まった群衆に挨拶をすませると、次は王城に戻って外国大使や地方領主、貴族たち、派閥ごとの大神官たちから祝賀の表敬を受けた。ひとりひとりに割く時間は短い代わりに数が多いので、終わった頃には夜になっていた。

王とイリリアの前に跪き、最敬礼して祝辞を述べる人々の中には、良い人もいれば悪い人もいた。イリリアにとって良い人とは、ふんわりと明るい光を放っている人。悪い人は、大神官カドーシャのように淀んだ靄をまとわりつかせた人だ。

「今の人は、あんまり好きじゃないです」

ラトニア領主だという、背が高く整った顔立ちで完璧な立ち居ふるまいの、三十代らしき男について、イリリアが独り言のようにつぶやくと、となりで王がわずかに眉を上げた。

「ほう。気が合うな。彼のことは予も嫌いだ。他にも誰かいるか？」

王はイリリアの人物評に興味を示したらしい。

「あそこにいる、緑の上着のあの人。あの人は良い人です」

「ネイデンのロイド卿か。領民から人畜無害公と呼び称されるお人好しだ。他には？」

王に促されるまま、イリリアは自分にとって良い人と悪い人を次々と指摘していった。

七割は王も同意見だったが、残りの三割は意見が分かれた。

王は最初のうち面白半分に耳を傾けていたが、やがて真面目に考え込み、少し怖い顔でイリリアを見つめた。

なぜそんな目で見られるのか分からない。小首を傾げて見返すと、王は視線を逸らして側近を呼び寄せる。そうして何か耳打ちすると、もういつものすました顔に戻っていた。

表敬が終わると、短い休憩をはさんで祝賀の宴《うたげ》となった。

基本的に、話しかけられたときの受け答えは王がしてくれるので、イリリアは隣でニコニコしているか、うなずくかしていればいい。どうしてもイリリアが答えなければいけない場合は、王がさりげなく耳打ちしてくれるので、その通りにしゃべればよかった。

祝賀の宴は、はじめに晩餐が振る舞われ、次に歌と芝居が披露され、最後は舞踏会が催される。そしてそれは明け方まで続く。もちろん王と神子が最後までいる必要はない。

晩餐の他にも人々の腹を満たし渇きを癒すために、飲み物や冷たい氷菓子、果物や軽食が常に供せられたが、イリリアが見るかぎり、王はそのほとんどに手を出さなかった。

手に取る場合は必ず給仕や勧めた本人に料理の一部、または半分を食べさせ、少し間を置いてからようやく少量を口にする。

「たくさんあるんだから、気にせずぜんぶ食べればいいのに」

分け合わなければいけないほど、みんな餓えているようには見えないし、量もふんだんにある。なのにどうして？　そう訊ねると、王は呆れたように「ふん」と鼻で笑った。

「どれに毒が仕込まれているか分からないのに？」

「どく⁉」

イリリアは思わず声に出してから、あわてて口を手で覆った。それから、ついさっき自分が食べた菓子屑がついた指を見つめて、もう一度口元を手で覆い、救いを求めるように王を見上げた。

「驚いたか」

王は笑っている。

「ええと、うそ…？」

「嘘ではない」

笑いを消した王の声は、低く冷たく、抑えきれない怒りに満ちていた。

祝宴から引き上げて奥宮に戻ったイリリアは、寝床のある四阿には向かわず、眠い目をこすりながら王のまわりをウロウロしていた。それだけでこちらが何か言いたげだと気づいたはずなのに、王は素知らぬふりで正装から寝衣に着替え、寝室に姿を消そうとする。

イリリアは急いで王の袖をつかんで引き留めた。

「あの…！」

「なんだ」

疲れているのか、いつにも増して平淡な王の声と態度に、一瞬ひるみそうになったけれど意を決して確認する。

「今夜は、あの…あれ――…あれの続きは、しないんですか？」

両手の人差し指をくっつけながら遠まわしに訊ねたのは、さすがに恥ずかしかったから。

「――あれ？」

「こーごーの…」

「ああ」と、王は面倒くさそうに前髪をかき上げた。

「儀式はあれで終わりだ。王と神子の義務は果たしたから、この先くり返す必要はない」

「あ、そうなん…だ…」

王さまは別にあれが好きでしたわけじゃないのか。残念…とは、なんとなく言いづらい雰囲気だった。王が明らかに、義務を果たして清々していると言いたげな表情だったから。

「話はそれだけか」と、暗に退室をうながされ、イリリアは素直にうなずいた。

「う…、はい。おやすみなさい」

王は鳥でも追い払うように軽く手を振り、今度こそ本当に寝室の中に姿を消した。

♣ 神子《イリリア》の庭

交合の儀を終え、神子として正式に認められたイリリアの一日は、庭の四阿に作った自作の寝床で目を覚ますところからはじまる。

ハルシャーニが来る前に目を覚ました場合は、庭の水盤で顔を洗い、寝衣の裾で顔を拭く。それから庭を歩きまわって、どんな草や木が生えているかじっくり調べる。

そのあたりでハルシャーニがやって来て「水盤で顔を洗わないでください」「寝衣で顔を拭くのも止めてください」「次からは僕が来るまでそのままでお待ちください」などと、怖い顔でがみがみ叱りはじめる。

イリリアはしょんぼりと項垂れて小言を受け流し、改めてハルシャーニが用意した洗面器とそこに満たされた薔薇水で顔を洗い、下着から靴まで一式そろった服に着替えて朝食を摂る。王と一緒に、王専属の料理人が作ったものを。

毒味は王が見ている前で、料理人自身がする場合もあれば給仕が指名される場合もある。ハルシャーニが用意したお茶や軽食も、ハルシャーニが毒味をして見せなければ手をつけない。「毒味は済ませました」という言葉だけでは、決して信用しない。王は必ず自分の目で確かめる。

「どく入りのりょうりを、食べたことがあるから？」

イリリアの問いに、王は顔を上げず淡々と答えた。

「そうだ。子どもの頃にな。――大人になっても、何度か」

毒を盛られて苦しむ王の姿を想像したとたん、口に含んだばかりの半熟炒卵《オムレツ》が泥か大鋸《おが》屑《くず》みたいに感じられて困った。

どく。毒。虫の毒、植物の毒。鉱物の毒。動物の毒。種類によって症状はいろいろ。皮膚が爛《ただ》れたり、息ができなくなったり、痺れたり、目が潰れたり。

でも、毒は少量なら薬にもなる。

「…あれ？」

自分はどうしてそんなことを知っているんだろう。イリリアが首をひねると、王が顔を上げて「なんだ」と訊ねた。

「ええと…」

なんでもないですと誤魔化しかけて、記憶が戻ったらそのつど教えろと言われたことを思い出す。

「あの…今、ちょっと思い出しました。ぼく、薬草のこととか知っているみたいです」

王は口に運びかけていた肉刺《フォーク》を皿に戻し、イリリアを見た。

「毒つながりで思い出したか。薬草に詳しく異端狩りに遭ったということは、ロムの民だった可能性があるな。ベルガー、その線でも探ってみてくれ」

「はい」

王の背後に控えていたベルガーは静かにうなずいたものの、王の側を離れる様子はない。いったいいつ王の命令を実行しているのだろう。

「あの…、ぼくがどこの誰かって、分からないとやっぱり困るんですか?」

「別に困りはしない。ただ神殿側も神子の出自については探っているだろうから、対策のためにも知っておきたいだけだ。下手に利用されないようにな」

「そうですか」

困りはしないと言われて、イリリアは単純にホッとした。難しいことは分からないが、自分のせいで王が煩わしい思いをしていないならそれでいい。

朝食が終わると、王は政務を行うため城の南翼に行ってしまう。その背中を名残惜しく見送って、イリリアは神殿に行かなければならない。神子修行のためだ。

イリリアがあまりにも何も知らず、神子としての基礎知識も足りず礼儀作法も覚束《おぼつか》ないので、王と大神官が協議した結果、一年間は公務を免除してもらえることになった。その間に神子としてどこに出しても恥ずかしくないよう、言葉遣いや立ち居ふるまいを身につけ、何百もある聖句や神話を古代語で覚えなければならない。

教育係は神殿側が用意する。それ以外は認めないと強く言われて、王が譲歩した。

大神官カドーシャがいる神殿には、王と一緒でなければ近づきたくない。けれど行かなければ王の立場が悪くなるので仕方ない。救いは必ずハルシャーニが一緒だということ。

そして午前中だけで解放してもらえることだけ。

カドーシャから直に教えてもらう神話や聖句は、何度聞いてもあまり頭に入らない。

神殿が奉じている〝一なる神〟の教えや考え方が好きじゃないからだ。

一なる神は心が狭く、自分以外の神を認めない。民が自分以外を讃えるのを嫌い、嫉む。どんなに美しい言葉で飾り立てても、教えの底には排他と選民志向が色濃く漂っている。

毎日、一なる神の教えを切々と説かれ、神話を知れば知るほど、イリリアの神殿嫌いは強くなるばかり。自分と母が地下牢に投獄されたのが、狭量《きょうりょう》な一なる神のせいだと思うと、神を讃える聖句の覚えが悪くなるのも当然だろう。

そんなわけで神殿に通うのは苦行だったが、神殿内にある植物園だけは別。

最初にその植物園を見つけたとき、思わずそこに住みたいと思ったほどだ。

あのカドーシャの下で、よくもこれだけ素晴らしい植物園が保たれているものだと感心したが、理由はすぐに判明した。園の草木の世話をしているのは下級神官たちで、カドーシャはほとんど関わっていないという。

神殿も神官も基本的に大嫌いだったが、そこで働く下級神官たちの中には、イリリアが「良い人」だと思える者が複数いた。特に植物園の世話をしている下級神官たちは、基本的に良い人だ。

イリリアが好意を示すと、彼らも好意を返してくれる。仲よくなると、希少なものからよくあるものまで、薬草や香草、花や蔦《つた》の苗や種を分けてくれるようになった。

イリリアは神殿に行くたび苗や種を手に入れて王の庭に持ち帰ると、せっせと種を蒔き、移植しはじめた。神殿での神子修行以外、午後のほとんどの時間をイリリアは庭の一画に花壇を作り、芝生を掘り返して薬草の苗を植え、ついでに野菜も植えて世話することに費やすようになった。

その結果。

元の土壌がよほど肥えていたのか。夏至からふた月ほど過ぎる頃には、香草や野菜が膝丈を優に越えるほどよく育ち、せっせと移植した花の株や潅木も難なく根付いて枝を伸ばし、葉を茂らせて花を咲かせるようになった。

練兵場のように殺風景だった王の庭が、夏が終わる頃には蜂や蝶が舞い、ヘビや土竜《もぐら》が出没し、蛙が鳴いて鳥が巣をかけるようになっていた。

神子のために特別誂《あつら》えられた絹の長衣ではなく、洗いざらしの綿の上着と脚衣という、庭師のような格好で金鳳花《きんぽうげ》の根元に生えた草を抜いていたイリリアは、視界の端を過ぎった緑柱石《エメラルド》色の美しい生き物に目を輝かせ、素手でむんずとつかんで持ち上げた。

ちょうどそのとき、背後から自分の名を呼ぶ声が聞こえたので振り返ってみると、めずらしく早い時間に戻ってきた王がこちらにやって来るところだった。

イリリアは意気揚々と駆け出して、右手を高く掲げた。

「王さま、見て！　ヘビ！　脱皮したて！」

毒はない。おとなしい性質の緑ヘビだが、念のため頭の方を持ち、尻尾をぶらんぶらんと左右に揺すりながら、どうだとばかりに披露してみせると、王は明らかに呆れた様子で腕を組み、半眼でイリリアをじろりと睨みつけた。

こんなに美しい生き物を嫌う人などいるはずない。自分が見つけて興奮したように王も喜んでくれるとばかり思っていたイリリアは、予想外の反応にしょんぼりと腕を降ろして王の顔をこっそり見上げた。

「…ヘビ、嫌いだった？」

可愛いのに。

「嫌いでも好きでもない。放してやれ。苦しそうにしてるぞ」

言われて手元を見ると、少し強くつかみすぎたせいか確かにぐったりしている。

「うあ。はい」

毒がないことは王も知っているのか、イリリアが叢にヘビを放してやっても慌てる気配はない。ヘビが茂みの影にするりと身を隠したのを確認して、イリリアは立ち上がった。

気を取り直し、ヘビをつかんでいた右手を服の裾でごしごしと拭いてから、

「お帰りなさい！」

喜びいさんで抱きつくと、王は渋栗《しぶぐり》を食べたように眉を顰《ひそ》めた。その反応はいつものことなので、気にせず胸に顔を埋めてから、王の手を取って野菜畑の方へ引っ張ってゆく。

「今日は早いですね。このあとはずっと一緒にいられる…ますか？」

ハルシャーニから、王には敬語を使えと口を酸っぱくして言われているのを思い出して言い直すと、王がわずかにうなずいたので嬉しくなってぴょんと飛び跳ね、畑を指差して成果を示した。

「見て、人参《にんじん》と葱《ねぎ》がこんなによく育ったんです。これは芥子菜《からしな》、こっちは甘瓜《あまうり》。王さま、甘瓜好きですか？　ぼく、大好きなんです。すごく美味しいんですよ！」

甘くて瑞々《みずみず》しくて、喉が渇いているときに食べると、もう天にも昇る心地になれる。

「甘瓜などという庶民の食べ物に興味はない」

「え……？」

冷たく言い切られて、愕然としながら王を見上げると、王はしまったと言いたげに一瞬だけ目を細めた。それから、きれいに整った笑みを浮かべて言い直す。

「興味はなかったが、他でもない予の伴侶がそこまで言うのなら、楽しみにしよう」

にこりと微笑まれて、萎《しお》れていた気持ちが一気に息を吹き返した。

「はい！」

イリリアは元気よくうなずいて王の手を引っ張り、次は自慢の花壇に向かって歩き出した。

♣　片翼の鳥

夏至にイリリアが棲み着いて以来、王の庭に緑が増えはじめた。

最初は居間からの視界に入らない、片隅の一画に小さな花壇と畑ができたかと思うと、あれよあれよと言う間に野花と香草と野菜が繁茂《はんも》するようになった。元々夏場は半月に一度の割合で伸びた芝生を刈り、樹木の枝を切りつめて見通しを保っていたのに。

「このまま放置すれば、いずれ視界をさえぎるようになり危険です」

刈り取ってもいいですかと、長手鎌《かま》を持ち出してきたベルガーに許可を求められたが、レグリウスは即答を避けた。

イリリアは毎日、朝は日の出前から夜遅くまで、神殿で嫌々神子修行をする以外はひたすら土を掘り返し、種を蒔いたり苗を植えたり、水をやりながら話しかけたり、草を抜きながら歌を歌って聞かせたりしている。自分は神子ではなく庭師を伴侶にしたのかと思うほど、熱心に草花を育てているのに、それを無碍《むげ》に刈り取ったりすれば、機嫌を損《そこ》ねて神殿側に寝返られるきっかけを与えてしまうかもしれない。

「いや、放っておけ。しばらくは好きにさせてやろう」

「は…」

不満そうなベルガーの返答に、レグリウスは言い足した。

「その代わり、壁外の哨戒《みはり》と、奥宮に出入りする者の検閲を強化せよ」

「はい」

まだ何か言いたそうな近衛隊長を横目でちらりと見てから、レグリウスは窓の外に視線を転じた。

「庭については、あれがちょうどいい哨戒になる。毎日、隅から隅まで歩きまわっているからな。侵入者や異状があればすぐに見つけるだろう」

「——あの者は敵側が送り込んできた間諜でないと、王は確信を持たれているのですか」

低い声で問われて初めて、自分がイリリアに対する警戒を忘れていたことに気づく。

だが、それを面《おもて》に出したりはしない。代わりに露悪的に嘯《うそぶ》いてみせる。

「確信などない。この世に手放しで信頼できるものなど何もない」

二十年以上仕えてくれているベルガーにすら、全幅の信頼を寄せることができないのに、出自も分からぬ子どものことを信じられるわけがない。——わけがない、が…。

「あれが、予に対して悪意を抱いていないことだけは確かだ」

「左様で」

返答とは裏腹に、同意しかねると言いたげなベルガーに小さく笑いかけた。

「おまえには分からないか？　あれは犬や猫、山羊や家鴨《あひる》の仔と同じ。無邪気で、人間の悪どさや醜さなど理解できない、単純で気楽な生き物だ」

ベルガーに説明しながら、レグリウスは自分の人物評が半分当たって半分は外れていることを知っていた。

イリリアは無邪気だが、人間の醜さや悪辣《あくらつ》さを知らないわけではない。

交合の儀の最中に思い出した地下牢での記憶は、聞いただけで胸の悪くなる内容だったが、本人はそれを深く追及するつもりも復讐するつもりもないらしい。

自分を傷つけ死なせようとした人間に、なぜ復讐しないでいられるのかレグリウスには理解できない。自分なら何年かけても必ず見つけ出し、自分と同じ目に遇わせてやる。

裏切りには裏切りを。死には死を。

生半可な覚悟では、この国で王位を保ち生き抜くことはできない。

警護の厳しい私室周辺ですら、いつ誰が刺客を送り込んでくるか分からないのだ。

刃や毒を隠し持った暗殺者に比べたら、繁茂した植物に惹かれてやってくる鳥やヘビ、鼠や土竜、それに虫たちなど可愛いものだ。自分は穢《けが》れを厭《いと》う神官どもとは違う。ヘビを手づかみした神子に抱きつかれても平気だ。

レグリウスが決めたので、イリリアの庭作りは見逃されることになった。

夏の初めには少年の髭《ひげ》のようにまばらだった野草や花が、秋が訪れる頃には小さな森かと思うほどよく育った。それも最初は隅の限られた一画だけだったのに、今では庭全体をじわじわと侵蝕しつつある。

「王さま！　見て！」

今日もイリリアは、政務を終えて戻ったレグリウスが庭に出たとたん、目敏《めざと》く見つけて駆け寄ってきた。両手に何かを大事そうに抱えて。

「またヘビか」

「ちがう、鳥！」

「――…」

「見て。巣から落ちて、こっちの羽根が折れちゃったんだ」

そう言いながらそっと開いて見せられた手の中には、黒灰色の羽根がまだらに生えそろったみすぼらしい黒鳥の雛《ひな》が踞《うずくま》っていた。巣立ちにはまだ少し早い。

「他の兄弟に蹴り出されたか。翼が折れているなら拾っても無駄だ、助からない」

巣から落とされるような雛は生き延びる力が足りない。だから兄弟という名の自然の力で淘汰されてしまう。

「そんなことない！」

「ガァ」

珍しく、きっぱりと王の言葉を否定したイリアに、賛意を示すよう雛が鳴く。

生意気だ。消し炭のように醜くみすぼらしく、今にも死にそうなくせに。

「この子はぼくが育てる」

「グゲッ、ゲッ」

「ほら、この子もうれしいって言ってる」

「……」

馬鹿かと呆れつつ、忠告してやった。

「巣から落ちた雛など簡単に死ぬ。明日の朝には冷たい骸《むくろ》を見て泣く羽目になるぞ」

昔、自分が拾った鳥の雛は半日も保たなかった。

もう二十年以上前になる。幼い頃の苦い思い出。

「死なないし、泣かないよ」

「ほう？」

レグリウスは片眉をはね上げて、ぷぅと頬をふくらませているイリリアを見下ろした。大切な宝物を持つように胸にくっつけた両手の指のすき間から、濃灰色の雛の産毛がふわふわとはみ出て風に揺れている。それを見ているうちにどうでもよくなって言い捨てた。

「好きにしろ」

王の許可を得たイリリアは、「鳥など飼うのはお止めなさい」と渋い顔で反対するハルシャーニを説得して、雛の世話に明け暮れた。

板で囲った巣箱を用意してその中に藁《わら》を敷きつめ、湯を入れた革袋を母鳥代わりに置いて暖を取らせ、餌は木の実や種、虫を磨《す》り潰したものを脂で練って与えている。

イリリアの献身的な世話の甲斐あって、黒鳥の雛は命を取り留めた。

折れた片翼は壊死《えし》して千切れてしまったが、残った翼には羽根が生えそろい、一ヵ月もすると一人前にバサバサと羽ばたきをするようになった。

ただし空は飛べない。代わりにイリリアの肩につかまり、どこへ行くにも一緒についていくようになった。イリリアも黒鳥にレグルスなどという立派な名前をつけて、なにかと話しかけ、端《はた》から見ても分かるほど可愛がっていた。

そんなイリリアを、ハルシャーニはときどき「神子が王以外のものに入れ込むのは、よくありません」と眉をひそめて窘《たしな》めていたが、イリリアは聞き流していた。

色がもっと綺麗か、鳴き声が美しければ、神子の慈悲深さを喧伝《けんでん》し評判を上げる役に立っただろうに。生憎《あいにく》、色は不吉な黒、声はダミ声で美点がない。しかも神殿が忌鳥《いみどり》として嫌っている黒鳥だ。

カドーシャを筆頭に、神殿の高位神官たちは肩に黒鳥を乗せて歩きまわるイリリアを目にする度に眉をひそめ、嫌悪の表情を浮かべてひそひそとささやき合った。

イリリアはそんな反応など意に介さず、むしろ楽しそうに神殿に通っている。

「黒鳥は、お日様のつかいだって母さんが言ってた。ぼくもそう思う。だってレグルスは本当にきれいでかわいいもん。それにすごく賢いし」

新たに思い出したらしい言葉をつぶやいて、イリリアはとろけるような甘い瞳で黒鳥を褒めまくる。それを聞いて鳥の方も胸を反らし「グゲゲッ！」と得意気に鳴くのだった。


夕刻。いつもより早めに執務を切り上げて奥宮に戻り、居間を横切って庭に出ると、金盞花の茂みの側で鳥と戯れていたイリリアが、弾かれたようにふり向いて駆け寄ってきた。

「王さま！　お帰りなさい！　今日は蠅獲《はえとり》草と瑠璃《るり》草の花が咲いたんだ。もうすぐ萎んじゃうから早く見て。風待《かぜまち》花はもうすぐ種が取れそうだし、甘瓜の実が熟れてちょうど食べ頃だからぜひ食べて。レグルス！　だめだよ髪を引っ張っちゃ。王さま、早く来て」

「グゲッゲ、ガァガァ！」

イリリアひとりでもうるさいのに、ダミ声の黒鳥が加わると騒々しさに拍車がかかる。

鬱陶しくてうんざりなのに、腕を取られて引っ張られるとついて行かざるを得ない。

だいたい蠅獲草とはなんだ。それが王に見せたい花の名前か？　甘瓜の実にも興味はないが、イリリアの気を惹いておくためだ。仕方ない。――仕方ないと思いながら、レグリウスは甘い香りがただよう花園に向かって、なぜか浮き立つような心地で足を踏み出した。

花を見せられ、採れたての甘瓜をその場で割って食べさせられたあとは、イリリアに招かれて四阿に入る。イリリアの住処《すみか》だ。

――いや。住処というより「巣」と言うべきか。

イリリアは四阿の脇に置いた小さな竈《かまど》で火を焚いて湯を沸かし、そこにレグリウスの目の前で摘んできた香草をぽいぽいと無造作に放り込んで茶を淹《い》れた。

「はい、どうぞ。目のつかれが取れて、かたこりが楽になります」

邪気無く勧められた茶杯を仕方なく受け取ったものの、飲む気にはなれない。

イリリアが同じ鍋から残り半分を自分の茶杯に注いで、ふうふうと息を吹きかけて冷まし、全部呑み終わるのを待ってから、ようやく口をつける。当然ぬるくなっていたが、瑞々しい香草の匂いにふっと肩の力が抜ける。一口飲んで止めようと思ったが、思いの外喉が渇いていたらしい。二口三口と続けて茶杯を傾け、気がつけば全部飲み終わっていた。

「それはなんだ」

レグリウスが茶を飲んでいる間に、イリリアは立ち上がって四阿から少し離れた場所へ行き、枯れ草の山のようなものを抱えて戻ってきた。そしてレグリウスの隣に座り、足元に置いた枯れ草の山を選り分けはじめる。

「何をしてる」

「乾かした薬草をそろえてます。ゴミをよけて、できのいいのと悪いのと分けておくと、使うときにべんりだから」

「ふん」

イリリアの手つきは慣れていて無駄がない。単調な動きは見ていると眠くなる。加えて、イリリアが小さな声で歌を歌いはじめ、それがさらに眠気を誘う。

昨夜は遅くまで、神殿が徴収している神殿税をどの名目で取り上げようか草案をひねり出すのに手間取って眠りについたのは明け方。そして今日は朝早くから、懸案の橋架事業について神官どもと協議という名の死闘を演じ、さらに隣国ロンサールとの国境で頻発している住民同士の小競り合いの経緯を注意深く観察するとともに、その背後に蠢《うごめ》くロンサール王の意図を読んで外交特使を派遣し、調停および裁判に備えさせるといった諸々が重なり、正直疲れた。

長椅子の背に体重をかけると、思わず大きな溜息が出る。

見上げた空は夕暮れ近くの深い青色。となりでは、イリリアがかさこそと薬草を選り分けながら歌を口ずさんでいる。腕にイリリアの体温を感じながら、目を閉じて深呼吸をくり返していると、まぶたに焼きついた青い空に、自分の身体がふわりと溶けて広がってゆくような気がした。

「――…っています」

ひそめた小声でふっ…と意識が戻る。

パチリとまぶたを開けたことで、自分が眠っていたと気づく。

「あ、起きちゃいました」

頭上から落ちてきた声がくぐもって聞こえたのは、自分がイリリアの膝に頬を埋めていたからで、頭が温かいのはイリリアの両手が置かれているから。要するに、膝枕と呼ばれる体勢で眠っていたのだと理解するまでに、呼吸数回分の時間がかかった。

ゆっくり身を起こすと、頭を支えていたイリリアの手が名残惜しそうに離れてゆく。

陽はすでに壁の向こうに没し、空には夕焼け雲が金と琥珀と赤銅《しゃくどう》色に輝いている。

乱れた髪を手櫛で整えながら立ち上がり、無言で服のしわを手で払って顔を上げると、ベルガーが目を見開いて、なんとも言えない表情で自分を見ていた。

言いたいことがあるなら言えばいい。けれど今は聞きたくない。

レグリウスはきっぱりと踵を返し、イリリアの「巣」から立ち去った。

♣ 青い鳥

草取りは終わりのない作業だ。抜いても抜いても生えてくる。

鎌でザクザク苅ってしまえば楽なのにと、寡黙なベルガーが珍しく口を開いて助言してくれたけれど、稀少な薬草や可憐な野花まで苅ってしまうと元も子もないので、イリリアは地面にしゃがみ込んでせっせと草を抜く。

真上にあった太陽が傾きはじめる頃、ハルシャーニが冷たい檸檬《れもん》水を持ってきてくれた。ありがとうと礼を言って飲み干して、夏の間によく育った金鳳花《きんぽうげ》の茂みの下にごろりと寝転んだ。日陰は涼しく、微風に乗って漂ってくる甘い花の匂いと羽虫の音が眠気を誘う。

ハルシャーニに「昼寝をするなら四阿で」と注意されたが、ゆるく手を振って断った。いつものことなので、ハルシャーニはそれ以上『神子の心得』を訴えて時間を無駄にすることなく、サクサクと芝生を踏んで立ち去った。

イリリアは陽を浴びた土と草の匂いを吸い込んで、空を見上げた。

ここに来たばかりの頃はほとんど感じられなかった樹々の歌や虫のささやきが、せせらぎのように流れてゆく。梢で交わし合う鳥たちの囀りが、きらきら輝く七色の粒になって弾ける。目を閉じると、大地のひそやかな息使いが聞こえてくる。

その音に耳を傾け、自分が育てた草花に溶けて染み入るように眠りに落ちた。

目覚めはふたつの足音によってもたらされた。

ひとつは王さま。もうひとつはベルガー。

どちらもイリリアが寝転んでいる金鳳花の茂みから少し離れた場所で立ち止まり、そのまま会話をはじめた。ふたりとも、どうやらこちらには気づいていないらしい。

イリリアにははっきり意識があれば気配を察したかもしれないが、草花や大地に同化するような眠りに、まだ半分浸った状態だったため、結果的に警戒心の強い男たちの耳目を逃れることになったらしい。

「最近、機嫌がよろしいですね」

最初に聞こえてきたのはベルガーの声。

「――そうか？」

答えたのは王さま。どちらもあまり抑揚はない。けれどどこか緊張感を孕《はら》んでいる。

「ええ。らしくないです」

「ふん」

「あの子どもを神子にしてから、陛下は変わられました」

「そんなことはない」

「否定しても、私の目は誤魔化せません」

「神子のせいで機嫌がいいと知られたら、カドーシャあたりに嫌がらせされますよ」

「……」

王は足を踏み換え、ベルガーの声を振り払うように数歩移動した。そのあとをベルガーが追いかける。

「嫌がらせというより『利用される』が正しいですね。王が目をかけ、王の機嫌を左右できる重要人物として、あの手この手で籠絡《ろうらく》しようとするでしょう」

「だから、気のせいだと言ってるだろう」

立ち止まって、おそらく振り向いた王の声は凄味のある低音で、さすがにベルガーもたじろいだようだ。王の真意を探るように声をひそめる。

「――本当ですか？」

「ああ。誰があんな子どもを本気で気にかけるものか」

忌々しげに吐き捨てた王の声は、イリリアが聞いたことのない苛立ちで波立っていた。

風が吹いて金鳳花の茂みがざわりと揺れる。

よく繁った葉陰の下で、イリリアの胸もドクンと波立った。

「私の目には神子との時間を楽しまれているように映りましたが」

「演技に決まってるだろうが」

「気のせいだ」

「そうですか？」

「当たり前だ。あれは予に懐いている。交合の儀で抱いてやってからは、女が男を想うように予のことを慕っているぞ。このままやさしくしてやって、気を許したふりを続ければ、『大好き』な予のために神殿側の要求などすべてはね除けてくれるだろう。いくらカドーシャたちが甘言を弄しても無駄。最初からそうなるようすべて計算して動いてきた、予のことを見くびるな」

「見くびってはいませんが――、本気で気に入ってるように見えたので、少々…心配になっただけです」

「ふん。おまえを騙せるくらいなら、あれに気づかれることはまずないな」

「確かに。それにしても、杞憂でよかった。さすがの私も騙されるところでした」

どちらが先に歩きはじめたのか分からないが、ふたり分の足音はゆっくりと遠ざかり、やがて聞こえなくなった。

イリリアは胸の上で強くにぎりしめていた両手を持ち上げ、口元を覆い、ゆっくりと身を丸めて嗚咽《おえつ》が洩れるのをこらえた。

『気を許したふり』

『すべて計算して動いてきた』

「うそ…」

嘘だ。王さまがぼくにやさしくしてくれたのは、全部『ふり』だったなんて…。

「…うそだ」

違う。信じない。

でも、この耳ではっきり聞いてしまった。

『あんな子どもを本気で気にかけるものか…ッ』

苛立った声で、鬱陶しそうに吐き捨てられた。あれが本心。

王さまは、本当はぼくのことを嫌ってた。好きでもないのに好きなふりをして、やさしくしたくないのにやさしくして、嘘の笑顔でぼくを騙した。

全部、ぼくを――神子を見方につけてカドーシャの要求をはね除けるため。

「ぼくを、利用するためだったんだ…」

やさしくしてくれたのも、助けてくれたのも、笑いかけてくれたのも。

頭を撫でてくれたのも、膝枕で眠ってしまったのも、全部お芝居だったなんて。

震える手のひらで顔を覆ったけれど、あふれる涙と嗚咽は止まらず、指の間からぼろぼろこぼれて芝生を濡らした。

ひっくひっくとしゃっくりが止まらず、上下に揺れ続ける肩に、芝生の上をトントンと跳ねてきたレグルスが跳び乗って「ガァ」と鳴く。それでも嗚咽は止まらず肩を揺らすと、レグルスはイリリアの前髪を嘴《くちばし》でかき分け、心配そうに小首を傾げて、もう一度小さく

「ガァ」と鳴いた。

レグルスと一緒に泣いて泣いて泣き濡れて、目が腫れて開かなくなるほど涙を流し、頭が痛んで意識が朦朧としてきた頃、夕食に現れないのを心配してやってきたハルシャーニに見つかって、四阿に連れ戻された。

服が泥だらけだとか、身体が冷え切っているとか、時間は守れだとか、がみがみ叱りつけ、着替えさせようとするハルシャーニの手を振り払い、イリリアは寝床に突っ伏した。

「夕飯はいらない。放っておいて」

梃子《てこ》でも動かない覚悟で布団にしがみつくと、さすがにハルシャーニもイリリアの様子が変だと気づいたらしい。「風邪をひかないように」と言って毛布を一枚重ね掛けてくれ、「お腹が空いたらお召し上がりください」と、蠟引《ろうひ》き紙で包んだ夕食を枕元に置いていってくれた。

しかし。ハルシャーニの気遣いも虚しく、翌朝イリリアはしっかり風邪をひいて高い熱を出し、それからしばらく寝込むことになった。

風邪をひいたのは、夏が終わって夜は冷えるようになってきたのに外で寝起きしているせいだと責められ、寝込んでいる間に、四阿にそろえたあれこれ一式を、王の私室からだいぶ離れた小部屋に運び込まれてしまった。

庭に面した大きな窓は、夏の間に石工たちがやってきて作ったものだ。密室に閉じ込められるのが怖いイリリアのため、寒くなる前に間に合うよう王が手配してくれたのだと、教えてくれたのはハルシャーニだった。けれどイリリアは、今までのように素直に喜べない。レグルス用の大きくて立派な鳥篭《とりかご》まで用意してもらったのに。

どうせ、ぼくを利用するために気遣うふりをしているだけ。

そう思うと、礼を言う気にもなれない。

「風邪はよくなったのか？　熱は下がったか」と、心配するふりをしてもらっても、嬉しくない。ただただ悲しいだけ。

利用され、騙されていたことに怒りはない。

「王さま、ありがとう」と、笑って無邪気に言えなくなったことが、辛くて苦しくて悲しかった。

悪いことは続くのだろうか。

イリリアが夏に拾って養い育てた片羽根の鳥レグルスが死んだのは、王とベルガーの話を聞いてしまった日から半月ほど経った日のことだった。

熱が下がって風邪が治り、ようやく床から起き上がれるようになった数日後。

いつものように肩に乗せて神殿に赴き、暖炉で温められた部屋で聖句の暗唱をしていると急な呼び出しを受けた。外国からの賓客《ひんきゃく》で、神子の祝福を受けたいという。

神子としての公務はまだはじまっていないが、非公式の要請はこれまでも何度か受けたことがある。もちろんイリリアではなく、同行しているハルシャーニの判断で。

けれどその日は、ハルシャーニより先にイリリアがうなずいた。

「承ります」

ハルシャーニは目を剝いて勝手な行動を取り消させようとしたが、イリリアは無視して部屋を出ようとした。

「あ…、鳥は置いてきてください。今日おいでの賓客はことのほか鳥が苦手で、側に寄られるとくしゃみが止まらなくなるそうです」

イリリアを呼びにきた若い神官は、そう言って申し訳なさそうに目を伏せた。

「わかりました」

あまり深く考えず、イリリアは部屋に戻って、止まり木代わりの本棚の上にレグルスを置いた。

「すぐ戻ってくるからね。いい子で、騒がないように」

いつものように頭を軽く撫でて言い聞かせると、レグルスは磨いた黒檀《こくたん》のように艶やかな丸い瞳をくりくりと動かし、小首を傾げて「ガァ」と鳴いた。それが、生きているレグルスを見た最後になった。

祭壇のある大広間で外国の賓客に祝福を与えて部屋に戻ると、黒と濃灰の羽根が舞い散った床の上にレグルスが落ちていた。死んでいるのは、ひと目見て分かった。首があらぬ方向に折れていたからだ。

「——……ぁあ……ッ!」

イリリアは声にならない悲鳴を上げて片羽根の鳥に駆け寄り、まだ温もりの残る、無残に手折られた身体を抱き上げた。

「レグルス……ッ」

誰が、どうして! こんなひどいことを……!

嘆きのあまり声にならないイリリアの代わりに、ハルシャーニが素早く状況を把握して、犯人捜しをはじめてくれた。

ハルシャーニは黒くてみすぼらしく鳴き声の汚いレグルスを嫌っていたが、害されたのはただの鳥ではなく『神子が慈しんでいた鳥』だ。そこに政治的な思惑が絡んでいれば、必然的に王にも影響が及ぶ。犯人捜しは、そういう意味で速やかに行われた。

そして、思ったよりも簡単に見つかった。

「犬です。神官が飼っていた若い犬。しつけが行き届いていなくて、たまたま通りかかった神子の勉強部屋に飛び込んでしまったそうです。そして鳥を見つけて興奮して、神官が必死に止めようとしても間に合わず、嚙み殺してしまった。鳥の片羽根が折れておらず、きちんと飛んで逃げていたらこんなことにはならなかったのですが…」

報告にやってきた、件《くだん》の犬の飼い主の上役に当たる神官に「不運でした」と、最後に言い訳がましく言い添えられて、イリリアは怒りの矛先《ほこさき》を失った。

「犬は神殿で処分するそうです。飼い主の方は管理不行き届きで鞭打《むちう》ち五十に処すとのこと。ご希望とあらば鞭打ちを検分することも、神官の身分を剝奪《はくだつ》して投獄することも検討しますと言っていますが、どうなさいますか？」

ハルシャーニに問われて、イリリアは膝の上に置いたレグルスの両脇でぎゅっと拳をにぎりしめた。そうしてハルシャーニの顔を見ないよう、うつむいたままつぶいた。

「犬が…犯人だなんて嘘です」

レグルスには咬み痕がなかったし、首は人の手でへし折られている。

ハルシャーニもそんなことは百も承知なのだろう。

「そうですね。しかし、神殿側はそう主張しています。そして飼い主も自ら申し出て罪を認め、罰を甘んじて受けると言っている。そこまで完璧にそろえられてしまえば、これ以上、真犯人を出せとこちら側から要求するのは難しい。そんなことをすれば、理不尽な難癖をつけたとわめき立てられ、神子はわがままだとか、王にふさわしくないとか言いふらされるのがおちです」

「でも…！」

レグルスは悪意を持って殺された。興奮した犬のせいなんかじゃなく、誰かが明確な意図を持って。ぼくが知りたいのは、それが誰かということだ。そして、なぜそんなことをしたのか理由が知りたい。

「理由ならいくらでもあります。単なる嫌がらせ。神子を悲しませて、弱った心の隙間に取り入ろうとするため。それから警告」

「警告…？」

「『自分たちに逆らい続けるなら、いつかはお前もこうなるぞ』という、まあ、よくある脅しです」

言ってから、ハルシャーニは口がすべったと言いたげに小さく舌打ちして手の甲で唇を隠し、視線を逸らした。

「よくある…って、どういう意味？」

イリリアが重ねて問うと、ハルシャーニは意を決したように逸らしていた視線を戻した。

「誤魔化し続けてもどうせいつかはばれるのだから、言ってしまいますが、王と神殿神官たちとは、こういった事がいつ起こってもおかしくない間柄だという意味です」

低い声でハルシャーニが指差した先は、イリリアの膝に横たわる黒鳥の遺骸《いがい》。

「ですから私は反対したのです。鳥など飼うなと。これみよがしに可愛がったりすれば、敵の標的になるのは当たり前のことですから」

だったらもっと前に忠告して欲しかった。

八つ当たりだと分かっていても、そう思わずにいられない。

そしたらもっと注意したのに。鳥だけ残して部屋を出たりしなかったのに。神殿に鳥を連れてきたりしなかったのに。

――こんなふうに、無残に死なせたりしなかったのに……！


犯人に仕立て上げられた犬については『処分する必要はありません。躾だけしっかりしてください』と念を押し、飼い主についても、鞭打ちは五十でなく十回でいいと減刑を求めてから、イリリアはレグルスの骸を王の庭に連れ帰り、槐の大木の根元に葬《ほうむ》った。

弱くて兄弟に巣から蹴り出された子だ。元から長くは生きられないと分かっていた。

それでもこんなふうに、無残に命を絶たれるために助けたんじゃない。

イリリアは「ごめんね」と何度も謝りながら、束の間、自分の元に来てくれた小さな命に感謝を捧げ、死出の旅に送り出した。骸と一緒に金盞花《きんせんか》の種を埋めたので、来年の夏にはきっときれいな花が咲き、短く手折られてしまった鳥の魂を慰めてくれるはず。

そのまま一晩、墓の側に横たわり、泣きながら弔《とむら》いの歌を口ずさんで過ごした。魂が迷わず天に還《かえ》り、ふたたび新しい衣をまとって生まれてくるように。心から祈りを込めて。

翌朝には数日前に全快したはずの風邪がぶり返し、再び高い熱を出して寝込んでしまった。身体が弱るのは、心が弱っている証拠だ。

命の恩人だと思い、慕っていた王には『利用するために、やさしいふりをしているだけだ』と言われ、可愛がっていた鳥は殺されてしまった。

王に救われ、必要とされ、輝いて見えた未来はまやかしだった。

現実は暗く寂しく、希望はない。

なくなってしまった。

王さまは、ぼくのことなんて好きじゃなかった。

ハルシャーニは、鳥が危ないって知っていたのに教えてくれなかった。

王さまはぼくを都合よく利用したいだけだった。やさしいふりをしていただけだった。

そして鳥は死んでしまった。

目が覚めても眠っても、頭に過ぎるのはそのことばかり。

イリリアは食事もろくに摂《と》らず、頭から被った布団の中にできた小さな闇に引きこもり、身を丸めて世界を拒絶し続けた。

「イリリア。起きているか？」

音を立てず扉を開けて入ってきた王の声に目を覚ましたけれど、返事はしなかった。

「食事を摂っていないそうだな。まだ具合が悪いのか？」

足音が近づいて枕元で止まり、のぞき込まれる気配がしたので、寝返りを打つふりで背中を向けて強く目を閉じた。自分が見なければ拒絶できる気がしたから。

「イリリア？」

淡々とした感情のこもらないこの声を、以前の自分はどうしてやさしいなどと思い込めていたんだろう。

頑なに目を閉じて背けていた額に、背後から伸びてきた手のひらがひたりと当てられて、思わずびくりと肩が揺れてしまった。イリリアが目を覚ましていたことなど最初から分かっていたのだろう。王は別に驚きもせず、言葉を続けた。

「熱は、もうほとんどないな。腹は減っていないのか？」

「……ッ」

答えるものかと、痛いほど強く歯を食いしばり、全身で王の問いかけを拒絶する。

察しのいい王のことだから、イリリアがわざと避けていることに気づかないはずはない。それなのに怒りもせず、苛立ちも露わにせず、気遣うふりを続けるのは、『神子』に利用価値があるからにすぎない。本気で心配しているわけではない。単なる芝居だ。

「もう三日も、何も食べてないそうだな」

イリリアは答える代わりに首を振り、王の手を逃れて、引き上げた上掛けの下にもぐり込んだ。前は少しでも触れ合えるのが嬉しかったのに、今は触られたくない。

「――…鳥が死んだのが、よほど堪《こた》えたのだな」

ちがう。そうだけど、違う。鳥のことだけじゃない。

声に出しかけて唇を噛み、にぎった拳に噛みついて激情をやりすごすと、頭上で小さな溜息が聞こえた。それから鳥の羽ばたきと鳴き声が。

ピルルル…と、なめらかな笛の音《ね》に似た美しい囀りに、イリリアは思わず身を起こしてしまった。

「……ッ」

寝台の足元に、王がひと抱えもある大きな鳥篭を置くのが見えた。

いかにも高そうな、凝った装飾がほどこされた篭の中には、ちょうどイリリアの手のひらくらいの大きさの、目にも鮮やかな青色の鳥が一羽。所在なさ気に自分の足をついばみ、それから顔を上げて、キュル…と鳴いた。

イリリアの顔を見て、こんにちは、初めましてと挨拶するように。

「そなたにこれをやる」

「いらない！」

反射的に答え、再び布団を被って背を丸めた。

「イリリア」

「いらない…っ」

レグルスの代わりなんていらない。

手懐けて利用するための道具なんていらない。

「いらない」と涙混じりに叫んで拒絶したのに、王は鳥篭を置いて出て行った。

「好きにしろ。そなたが世話をしなければ死ぬだけだ」

陽が翳《かげ》り、食事を持ってきたハルシャーニが現れても、イリリアは布団を頭から被ったままですべてを拒否し続けた。

ハルシャーニは王に言い含められているのか、鳥篭については何も言わず、触りもせず、食事を置いて燭灯を点し、「少しでもいいから召し上がってください」と勧め、しばらく寝台の脇で粘っていたが、半刻ほどすると溜息を吐いて出て行った。

鳥はハルシャーニが来る前も出て行ったあとも「ピルル、キュル」と、しきりに何か囀りながら鳥篭の中をカサコソと跳ねまわっていた。その音も次第に減ってきて、やがてあきらめたように静かになる。

聞こえてくるのは燭灯の芯がジジ…と燃える音と、暖炉の薪《まき》がときどき爆《は》ぜる音だけ。

鳥があまりに静かなままなので、イリリアはついに我慢できなくなって身を起こした。

布団を剝いで寝台を下り、裸足のまま壁に手をついてよろける身体を支えながら、扉の横に置かれた篭の前に立つ。その足音で目を覚ましたらしい。鳥が羽根の間に突っ込んでいた顔をぴょこんと上げて、「ピルル！」と鳴いた。

「――…おまえなんて知らない」

「キュル？」

イリリアは鳥籠の前に膝をつき、中をのぞき込んで、無邪気な顔で小首を傾げる鳥に毒づいた。

「おまえもぼくと同じ。王さまに利用されただけだ」

「ピィルル」

鳥は言われたことなど意に介さず、上げた片羽根のつけ根を嘴でついばんだあと、気を取り直したように再び囀りはじめた。

「ピィキュル…、ピィイ…イリ……ィリ、リァ！　イリリア！」

金の笛の音みたいな美声が途中でなぜか低くなり、まるで子どもが無理して低い声を出したみたいな声音で、たどたどしく自分の名を呼ばれて、イリリアは心の底から驚いた。

「な…んで、ぼくの名前」

「リア、ィリ、リィア、リア！」

「……王さま？」

イリリアは篭にすがりついて鳥に訊ねた。

青い鳥は、磨いた黒檀のように黒い瞳をきらきら輝かせ、無邪気に頭を左右に傾げて

「イリリア」と鳴くばかり。答が返ってくるわけはない。

「ど…して…」

王さまが示してくれるこのやさしさが、本物だったらよかったのに。

本物であって欲しかった。

「どう…して？　王さま…」

どうして鳥にぼくの名を覚えさせた？

理由など分かりきっているのに涙が出た。奥歯を嚙んでこらえようとしても、胸の奥から熱く湿った吐息がこみ上げて唇を震わせる。顔を覆った両手の指のすき間から、涙がこぼれて鳥籠の中に落ちてゆく。

「ピィ…リア、イリ」

鳥が気遣うような声で名を呼ぶ。

イリリア、元気を出せ。イリリア、食事を摂れ。

鳥は王の声だけでなく、それを聞かせたときの気持ちまで写し取っている。

「イリリア」

予をあまり心配させるな。

「うそ。嘘だ…」

嘘つき…と詰りながら、その嘘を含めた王のすべてを受け入れてしまう。

こんな不器用なやさしさを示されたら嫌いたくても嫌えない。

だって、二度目に命を助けてもらったあの瞬間から、好きになっていた。

たとえ王さまがぼくを、利用価値のある政治の駒にしか見ていなくても。

「イリリア…」

鳥が写し取った王の声と不器用なやさしさは、あふれる涙となって、王に好かれていると無邪気に信じていた幼い自分を押し流し、洗い流してゆく。

そうやって泣くだけ泣いて、最後に残ったのは、利用されているだけだと分かっていても、自分にとって王は命の恩人で、大好きな人に変わりはないということだけだった。

♣　毒と身代わり

冬至は一年の終わりとはじまりの節目となる。

年越しの祝祭を数日後に控えた王城はいつもより忙しなく、どこか浮き足立っていた。

その日の午後、地方領主と神殿各流派の大神官たちとの協議を終えた王は、政務を行う南翼から、迎賓《げいひん》の間が連なる西翼に向かう途中の廊下で足を止めた。

「王さま…？」

最初に異変に気づいたのは、賓客に挨拶するため奥宮から呼び出され、神子として王に寄り添い歩いていたイリリアだ。

王は冬なのに暑そうで、しきりに襟元を気にして指をかけ、風を入れようとしていた。そのうち顔色が白くなり、喘ぐように胸を押さえて歩みが止まり、そのまま崩れ落ちた。

「王さま…ッ⁉」

小さく叫んですがりつこうとしたイリリアの両手は、素早く割り込んだベルガーの手によって振り払われ、身体ごと後ろに押しやられてしまった。

「退《ど》け、触るな！　王…‼　レグリウスッ‼」

無様に尻餅をついて転がったイリリアの目の前で、ベルガーは王の名を呼びながら慣れた手つきで襟元をゆるめ、配下の近衛騎士たちに指示を出して王を抱き上げると、風よりも速やかに私室のある北翼奥宮に運び去ってしまった。

そのまま取り残されそうになったイリリアは自力で立ち上がり、急いで彼らのあとを追いかけた。そしてようやく追いついたとき、王は寝室に運び込まれ、寝台に寝かされて服を剝ぎ取られているところだった。

「湯を用意しろ！　腹の中のものを全部吐かせるんだ！」

ベルガーの怒鳴り声に応えて、ハルシャーニが大量のぬるま湯と、手桶《ておけ》や盥《たらい》、清潔な布を抱えて現れる。

「遅効性の毒だ…、糞ッ！　いったいいつ口にしたんだ！」

ベルガーは王を抱え上げ、湯の入った杯を唇に当てた。

「レグリウス、しっかりしろ！　そら湯を飲め、全部吐け！」

王は意識が混濁しているらしく、唇を嚙みしめてベルガーに抗い湯を飲もうとしない。

いや意識があるからこそ、毒味してないものはたとえ湯でも口にしたくないと抗うのか。

「非常時だ」

ベルガーはつぶやいて王の鼻をつまみ、苦しそうに開けた唇に湯を流し込んだ。

「飲め！　飲んで吐け！」

何度も無理やり湯を飲ませたあとは、引き寄せた手桶に向かって思いきり吐かせ、再び湯を飲ませる。

王は意識を保っているが声は出ないらしい。脂汗をべっとりとかき、喘いだ口元から垣間見える舌は、腫れて色が変わっている。

——ゲルマニカの毒だ！

ふいに、暗闇で灯りを点したように知識が閃いた。

近づこうとしても追い払われ、為《な》す術《すべ》もなく寝室の隅で様子を見守っていたイリリアは、ようやく自分にできることを見つけて踵を返した。寝室を駆け出て廊下を進み、非常時には牆壁《しょうへき》となる扉をいくつも潜り抜けて、ようやく自分の部屋に飛び込むと、本来は衣裳をしまう長櫃《ながびつ》に保管してあるたくさんの布袋の中からひとつを取り出す。袋の口を開けて中身を確認すると小さくうなずき、急いで王の寝室に取って返した。

「ベルガーさん、これを……！　王さまに飲ませてください！　ゲルマニカの毒に効くはずだから！」

ありがたいと礼を言って受けとる代わりに、ベルガーは無造作に腕を振り、イリリアの手から薬草の入った袋を薙《な》ぎ払った。

「邪魔だ、退《ど》いてろ！」

「あ…っ」

イリリアは手から叩き落とされて部屋の隅に転がった袋に、急いで駆け寄って取り戻し、もう一度ベルガーに向かって差し出した。

「ベルガーさん、お願いですから……！」

「よけいな口を差しはさむなッ！　どこの誰とも分からぬ者が育てた怪しい草を、調べもせず与えられるわけがないだろう!!」

「これは安全です。疑うならぼくがちゃんと毒味をしますから！　だから！」

「うるさい、黙れ。邪魔だと言ったろう、まとわりつくな！　レギスタン、ロクスリー、こいつを外につまみ出せ」

ベルガーが鋭く命じたその影で、王が何か言いたげに口を開け、喘ぎながら腕を持ち上げようとするのが見えた。けれど声にはならず、伸ばそうとした手はベルガーに握りしめられる。

王が何を言おうとしたのか、誰に手を伸ばそうとしたのかは分からない。

隊長に命じられ、無言で進み出た配下の近衛騎士たちに包囲されながら、イリリアは必死に叫んだ。

「ベルガーさん、ぼくは王さまの神子です！　王の伴侶として側にいる権利がある！」

「寝言は寝て言え」

吐き捨てたベルガーの鋭い視線を受けて、騎士たちがイリリアを容赦なく捕らえる。

両側から腕を押さえられ強い力で拘束されたイリリアは、半ば引きずるように寝室から連れ出され、そのまま自分の部屋に放り込まれてしまった。

「王さま……！」

急いで扉に取りついて把手をまわそうとしても、外から鍵をかけられて開かない。

拳で何度叩いても、どんなに叫んでも、応えてくれる人も開けてくれる人もいない。

最後に見たとき、王の側にはベルガーとハルシャーニがぴたりと寄り添い、そのまわりを近衛騎士たちが取り囲んでいた。たとえこの部屋から出られたとしても、自分はもう近づくことさえできないだろう。

王が苦しみ、命の危険にさらされているのに、自分は側にいることも声をかけて励ますこともできない。

「どうして……、ぼくは…なんの役にも立てない――」

強くにぎりしめた手の中で、解毒作用のあるオラシオの葉がくしゃりと潰れる。

信用されず、使ってもらえなかった。

「ぼくにはなんの力もない…。役に立てない。王さまを、助けられない」

なんてことだろう。突きつけられた己の無力さを噛みしめながら、イリリアはぐるぐると部屋の中を歩きまわった。

「どうすればいい？　どうすれば王さまを助けられる？」

どうすれば王さまの役に立てる？　考えろ、思い出せ。

「誓ったのに…、ぼくは、命にかえて王さまを守るって、誓ったのに」

――命にかえて…？

譫言《うわごと》のようにつぶやいた自分の言葉に、何かが閃いた。イリリアはもう一度「命にかえて」とつぶやき、その音を舌で味わいながら、言葉に連なる記憶をたぐり寄せようとした。

細い蓮《はす》の繊維を一本、慎重に引き抜くように。

かえる。替える。入れ替える。器を替える。形を替える…。

『イリリア、いいこと。この術は人に知られてはいけないの。誰かに知られたら効力が切れてしまうから。だから絶対内緒にするのよ』

「……母さん？」

ふいに甦《よみがえ》った声と情景は、幼い自分に向かって言い聞かせている母の姿。唇の前に指を立て、内緒にするのよと言いながら、せっせと手を動かして何かしている。

炉端の火だけが頼りの、薄暗いあばら屋の中。母は小さな布人形を解《ほぐ》しながら溜息を吐いて肩をすくめる。

『やれやれ、作り直しだわ』

『それ、なぁに？』

幼い自分が母の手元をのぞき込むと、母は視線を人形に向けたまま静かに答えた。

『〝形替《かたがえ》の術〟に使うの』

『かたがえ？』

そこで突然、場面が切り替わる。

暗くて寒い、じめじめと濡れた地下牢の石床の上。イリリアは膝を抱えて蹲《うずくま》っていた。ほんの少し前まで男たちに乱暴されて、最後に首を絞められて息絶えたと思ったのに、気がつくと身体にひどい傷はなく、痛みもほとんどなく、牢の隅で膝を抱えている。

絞められたはずの首に異常はない。おかしい。変だと思いながら、イリリアは目の前で起きている凄惨な情景をぼんやりと眺めていた。

餓えた男たちが母に群がって何かしている。何をしているか、頭で理解できても心は受け入れられない。母の首はあらぬ方向に曲がっていた。イリリアが男たちにされたように。

けれどイリリアは生きている。そして母は息絶えた。

──形替の術…。

母が自分を守るために形替の術をかけたのだと、そのときようやく理解した。

『本当は娘が欲しかったのよ。一族が伝えてきた技術や知識を、すべて受け継いでくれるのは娘しかいないから。いくらがんばっても、男のおまえでは無理なの』

母がそう言って悔しそうに溜息を吐くたび、イリリアは身の置き場のなさに小さくちぢこまり、身体をゆすって悲しみをまぎらわせてきた。

『おまえが娘だったらどんなによかったか…』

そう言われる度に、そんなのぼくのせいじゃないという怒りと、ごめんなさいという申し訳なさが胸の中で激しく渦巻いて辛かった。どんなにがんばって薬草の名前を覚えても、病気や怪我に効く調合を覚えても、一族に伝わる逸話や伝説、精霊の教えや呪文、術の手順を覚えても、それはただの知識に過ぎない。知識の向こうにある本質には、女でなければ触れることができない。

一族の女系のみが奥義を受け継ぎ、子孫に伝えてきた精霊の加護と力は、私の代で絶えてしまうのねと、悔しそうに肩を落とす母を慰めたくて、励ましたくて、母の役に立ちたくて、イリリアは物心着いた頃から一生懸命がんばってきた。けれど結局どうやっても、知識以上のものは手に入らなかった。

だから母を恨んだこともある。

息子ではなく娘が欲しかったと言われるたびに、母に悪気がないと分かっていても、母も無念だったのだと分かっていても、どうしても自分の生きる意味を削り取られていくような苦しさがあった。

その母が命をかけて自分を守ろうとしてくれていた。

形替の術をいつかけられたのかは知らない。けれどその事実に気づいた瞬間、過去のすべてのわだかまりは消えた。自分は、母の一族の叡智《えいち》を引き継ぐ子どもではなかったけれど、母が命に替えて守りたいと思う息子ではいられたのだと。

「母さん…」

闇の底から甦ったものは、母からもらった無償の愛。そして同時に、母を失ったときの地獄の記憶。群がる黒い影に蝕《むしば》まれ、形を失ってゆく母の姿。

「母…さん、母さ……」

あまりに凄惨な地獄の情景に飲み込まれ、心の均衡を失いかけたとき、「イーリア！」と少し調子外れな声で名を呼ばれて自分を取り戻す。

「リア、リア！　イリーァ！」

庭の樹の枝を切って作った止まり木から、レグルス二世が青い羽根を羽ばたかせて飛んでくる。そのままスイ…とイリリアの肩に止まり、足を踏み換えながら、もう一度「イリリア」と鳴く。

まるで、毒に苦しむ王に名を呼ばれたような気がして、イリリアは我に返った。そして自分が今すべきことと、できることを思い出す。

『この術は、材料と手順さえ間違えなければ、おまえにもできるはずよ。一番大切なのは、相手を想う強い気持ちだからね』

「…そうだね、母さん。ぼくでもきっとできる。それにはまず——材料がいる」

イリリアはにぎりしめた拳に歯を立てながら、部屋をぐるりと見まわした。

「何か使えそうなもの」

髪か、爪か、血か。汗や唾液《だえき》が染み込んだ服でもいい。

できることなら今すぐ王の元へ舞い戻り、髪なり爪なり手に入れたいところだが、ベルガーが側にいるかぎりとても近づけそうにない。

イリリアは拳を噛みながら、狭い部屋の中をうろうろと歩きまわって考えた。そして、ふっと思い出す。

「……髪。そうだ、髪の毛がある！」

秋のはじめに、王がイリリアの膝に頭を預けて眠ってしまったことがあった。

あのときイリリアは王の頭を支えながら、手櫛《てぐし》で髪を何度も梳《す》いた。そのとき抜けて指に絡んだ数本をどうしても捨てることができなくて、こっそり取っておいたのだ。

「確か、ここにしまっておいたはず」

イリリアの持ち物は服でも本でも薬草でも、初めて部屋に持ち込んだものは何であろうと必ずハルシャーニに調べられる。見つからないようにこっそり隠したつもりでも、イリリアがいない間に見つけ出されてしまう。

元々自分のものなど何ひとつ持たずにここへやって来た。検閲自体を不満に思ったことはない。けれど王の髪は取り上げられたくなかったから、見つからないよう工夫した。

イリリアは薬草をしまってある櫃《ひつ》の中から、自分にしか分からない目印をつけておいた袋を見つけて持ち上げ、中から小さな草束を取り出した。その中の一本の茎にぐるぐると巻きつけておいた王の髪は、ハルシャーニに見つかることなく無事だった。

「あった、よかった」

ほっとしながら茎からほどいた髪を、自分の指に巻きつけ直して眼前に翳《かざ》してみる。

「二本あれば充分」

形替の術のことなどきれいさっぱり忘れていたのに、これを取っておいた過去の自分を褒めてやりたい。

「髪の毛ですら取っておきたいくらい、王さまのことが好きだったんだよね…」

その気持ちは今も変わらない。たとえ王さまが、ぼくのことを利用価値のある手駒程度にしか思っていなくても。

「ぼくの気持ちは、変わらない」

イリリアは髪を巻きつけた左の中指を左手で庇《かば》い、もう一度ぐるりと部屋を見まわした。

「ピルル…！」

レグルス二世が視線に応えて羽ばたきをする。

「おいで。ここへきて、おまえの羽根を一枚おくれ」

青い鳥は呼ばれると素直に飛んできて、イリリアが差し出した腕に止まった。その背中をそっとひと撫でると、一枚の小さな尾羽が自然に抜けて手の中に落ちた。

「ありがとう」

レグルス二世は王の声を写し取っている。術を強化するのに役立つはずだ。

「あとは形代《かたしろ》だけど…」

これは単純な作りでかまわない。イリリアは壁際の棚に置かれた衣裳櫃を開けて、中から新品の布を取り出した。それを数枚に引き裂いて、まずは芯を作る。芯には王の髪と鳥の青い羽根を納め、特殊な巻き方で封印を施す。その芯を軸にして、頭と胴体と手足の区別が辛うじてつく程度の、小さな人形を作り上げた。

「これでいい」

あとはこれを他人目につかない地中に埋めれば完了だ。本当は冬至の真夜中に埋めれば最も強力な効果が得られるけれど、何日も待ってはいられない。冬至の他にも秋分や春分、夏至が呪術を行うには最も効果的だが、それが無理な場合は、一日のうちでそれぞれ春分、夏至、秋分、冬至にあたる、日の出、正午、日の入り、真夜中にも似た効果がある。

そして今は日没前。ちょうどいい。

イリリアは急いで窓を開けて庭に出た。鍵がかけられていなくてよかったと思いながら、目立たないよう腰を落として庭を横切り、夏の間寝起きしていた四阿の近くに繁茂したヒースの茂みに分け入った。このあたりは特に木々の成長が著しく、種類も豊富で常緑のものもあるので、土を掘り返しても目立たない。

すばやくあたりを見わたして誰もいないことを確認すると、イリリアはヒースの根元に深い穴を掘り、形代をそっと置いた。それから持ってきた小刀で左の中指を切り裂くと、あふれ出した血を人形に注ぎながら祈句《とうく》を唱える。

「――天は地に、昼は夜に、光は闇に、姿を変えて甦る。本日この時より、レグリウス・ハライン＝ゴルトベルグに降りかかるすべての災いは、我イリリア・ハーシュがこの身をもって受け止める。幸いはレグリウスの元へ。災いは我イリリアの元へ。光と闇の精霊よ、どうか我が願いを聞き届けたまへ」

精霊への供物《くもつ》となる自分の血を充分に注ぎ、祈句を唱え終わった瞬間、視界がぐにゃりと歪んで空気に粘り気が生まれた。自分が、まるで蜜か樹液の中に閉じ込められた虫のようになった気がする。濃密すぎる異界の息吹を身近に感じると同時に、頭上の遥か高みで文字が書き換えられるような、糸をほどいて編み直すような、世界がくるりと反転したような、なんともいえない不思議な感覚に襲われた。

時間にすればわずか数瞬。けれど永遠のようでもある。

呪縛が解けたのは、肩に乗っていたレグルス二世が鳴いた瞬間。

「イリ、リァ！」

ハッと我に返って両手を見つめ、急いで形代に土をかけて穴を埋めた。上から強く押さえて枯葉をかけ、地面を掘り返した痕跡を完全に消す。そうして顔を上げると、庭を縁取る牆壁《しょうへき》の向こうに日が没し、ちょうど空に一番星が輝きはじめたところだった。

吉兆だ。

手についた土を払いながら立ち上がったとたん、身体中の血が煮え立つようにざわめいて視界がぶれた。これもまた良い兆候。形替の術が功を奏し、王が受けた毒害を我が身に引き受けた証に違いない。ただ、このまま動けなくなってしまう前に部屋に戻って解毒の薬湯を飲まなければ、最悪、命を落とす羽目になる。

ここで命を落としても、それはそれでかまわない。けれど今回は、オラシオの葉を煎《せん》じて飲めば毒の症状が治まると分かっている。だったら少しでも長く生きて、王の災いを肩代わりしたい。

気合いを入れてよろめきながら歩きはじめると、四阿の影からハルシャーニが現れた。

「何をしていたんです。こんな所で」

イリリアを見据えた眼差しはなぜか険しく、声には不審があふれている。

「ハ…シャーニ…、王さま…は？」

放っておいていいのか。無事なのか。容態はどうなのかと、訊ねる前にさえぎられた。

「私の問いに答えてください。そこで、何をしていたのです？」

なぜそんなに苛立っているのかわからない。もしかして、術を施すところを見られたのだろうか…。それならなんとか誤魔化さないと。

「……祈りを」

「祈り？」

「そうです…。祈りを…捧げていました。王さまのために」

我ながら、とっさの言い訳にしてはいいものを考えついたものだと思う。

神子が王のために祈りを捧げる。

ひとりで庭をうろつくのに、これ以上ない真っ当な理由だ。

「神子の力で？」

「…そうです。きっと…効きます。王さまは…きっと助かる」

ハルシャーニはきつく寄せていた眉間の皺をやわらげ、よろめくイリリアに近づいて肩を貸した。

「当たり前です。陛下があの程度の毒に負けるわけがありません」

こくりとうなずいて同意を示し、イリリアは荒い息を吐きながらハルシャーニに頼んだ。

「部屋に…戻ったら、青い…袋に入った薬草を、煎じて…飲ませてください」

「青い袋？　さっき陛下に飲ませようとしたあの薬草を、あなたに？」

「はい…ぼくに。……ぼくが、飲みます」

息荒く途切れ途切れに念を押すと、ハルシャーニはゆるめていた眉間を再び怪訝そうに寄せた。しかしすぐに、イリリアが王と同じ症状を示していることに気づいて、腑に落ちたらしい。

「あなたも毒にやられたようですね。しっかりなさい、部屋はすぐそこです。レギスタン！　ロクスリー！　神子をお運びするのを手伝ってください…！」

イリリアの意識は遠のいて、ハルシャーニの声はそこで途切れた。

熱が出て身体中が腫れぼったくなって節々が痛み、吐き気がしてひたすら眠い。

眠りの淵からわずかに浮上してまぶたを開けるたび、イリリアは視界をゆらゆらと横切る影に向かって、呂律のまわらない舌で「オラシオの葉を煎じた薬湯を飲ませてください」と頼み続けた。願いを叶えてくれたのはハルシャーニだったのか、他の誰かだったのか、ほとんど覚えていない。

煮崩れた芋汁のようだった頭が少しずつはっきりして、ようやくまともに意識が戻ったのは、王が倒れた日から二日後のことだった。

「気がついたか」

目を開けて最初に飛び込んできたのは、自分をのぞき込んでいる王の顔。

「……王さ…ま…？」

「そうだ」

「ゆ、め…？」

我ながら呂律のまわらないくしゃくしゃとした声を出すと、なぜか手を握られた。

「夢ではない。しっかりしろ」

握られた手の力強さにびっくりしながら、触れ合った肌を通して伝わってくる体温に、心の底からほっとして自然に笑みが浮かんだ。王は顔色もいいし覇気もある。何よりも自分の足で立っていられるということは、毒の災いがしっかり〝形替え〟された証だ。

「……王さま…」

「なんだ。何を笑ってる」

「よかっ…た、元気…そう…で」

本当に心からそう思ってたどたどしく告げると、王は妙な表情を浮かべて黙り込んだ。どうしてそんな顔をするんだろう。ぼくは何か変なことを言ってしまったんだろうか。

訊ねて理由を知りたかったのに、まぶたが重く下りてきて、どうしてもそれ以上意識を保つことができなくて、イリリアは再び眠りの底に落ちてしまった。

†

レグリウスは脇卓の上に置かれたイリリアの青い薬草袋を見つめていた。

暖炉前の椅子に座って足を組み、肘をついて顎に指を当てたまま考え込んでいると、部下に指示を出しに行っていたベルガーが戻ってきた。

ベルガーは卓上の青い袋にちらりと視線を向けたものの、何も言わず、犯人捜しの進捗状況を淡々と報告しはじめた。

「陛下と神子殿、おふたりが口にした食物について徹底的に調べましたが、今のところ怪しい人物は見つかっておりません。症状の重さから、神子殿の方が多く摂取したのは明らかであるため、そのあたりも踏まえて調査しているのですが、該当するものも特に見当たらず。奥宮の食材についても、納入経路をはじめ、関わった人間すべてを厳しく詮議《せんぎ》していますが、疑わしい人物も行動も見つかっておりません」

事件からすでに五日が過ぎている。

イリリアの容態は日に日によくなってはいるが、まだ自力で起き上がることはできない。

「そうか」

レグリウスは報告にうなずいてから腕を伸ばし、脇卓の上に置かれた青い薬草袋を持ち上げた。中から乾燥した葉を取り出して、ベルガーに確認する。

「この葉が、予とイリリアが今回盛られた毒に効くというのは確かなのだな?」

「はい…。〝探求の塔〟の長老に確認いたしました。その葉はオラシオという名で、ゲルマニカの毒を解毒する作用があると。——ただし、とても古い知識で、長老も古書を調べて今回初めて知ったそうです」

答えるベルガーの歯切れが微妙に鈍くなる。レグリウスが倒れた日、イリリアがこの薬草を王に与えてくれと頼んだのを、一刀両断に退けたことを気にしているらしい。

「おまえを責めているわけではない。あの状況で、おまえがイリリアの願いを拒んだのは当然だ。おまえは正しい行いをした」

神子だと祭り上げられているとはいえ、元は出自も分からず敵味方も定かでない人間だ。いきなり毒か薬か判別できない薬草を差し出されても、受け入れられるわけがない。

「はっ」

主君に許されて、ベルガーの肩からかすかな緊張が消える。二十年来の臣下から視線を離して、レグリウスは再び青い薬草袋を見つめた。イリリアはどうしているだろうと考えたとき、答えのように扉を叩く音が聞こえた。「入れ」と許可すると扉が開いて、ハルシヤーニが顔を見せる。

「神子様が目を覚まされました」

「そうか」

レグリウスは興味なさげに答えながら腰を上げ、廊下と扉をいくつも越えた向こうにあるイリリアの寝室に足を踏み入れた。

二日間昏睡した挙げ句、三日前にようやく意識が戻ったイリリアは、その後もうつらうつらと眠り続け、日に一度か二度目を覚まし、薬湯を飲んだり少ししゃべったりするだけで、またすぐに眠ってしまうという状態が続いている。

政務につくため奥宮を出るときは、目を覚ましたら報せろと言いつけていく。しかし、日中に報せがくることはほとんどなく、やっと来たかと思うと、その場を抜け出して奥宮に戻るのは難しい状況で、なかなか意識の戻ったイリリアと会うことができなかった。

青白い顔で昏々《こんこん》と眠り続ける姿なら、毎晩見てきたが。

「イリリア」

再び眠りに落ちる前にと思うあまり、自然に早くなった足取りで寝室の扉をくぐると、イリリアは上掛けの上に伸ばした腕にレグルス二世と名づけた青い鳥を載せ、何か話しかけているところだった。

「王さま…！」

相変わらず、自分の顔を見たとたん灯りが点ったような笑顔を浮かべ、瞳を輝かせて身を起こそうとする少年の姿に、レグリウスはわけのわからない動揺を覚える。

それが動揺だなどと認めたくはないのに、他にどう表現していいかわからない。だから自然に口調が素っ気なくなる。

「起きるな。横になっていろ」

「…はい」

素直に力を抜いて枕に頭を沈めたイリリアの側に寄ると、レグルス二世が場所をゆずるように軽く羽ばたいて、イリリアの腕から寝台の頭板の上に飛び移り、そこで羽繕《はづくろ》いをはじめる。それをちらりと確認してから、レグリウスは声をかけた。

「気分はどうだ」

「だいぶ、よく…なりました」

薄く微笑んだ顔色は雨ざらしの羊皮紙のように悪い。それなのに頬の一番高い場所や目の縁ばかりが奇妙に赤く、目も潤んでいる。汗ばんだ額にひたりと手を当てると、まだ熱が高い。

「苦しそうだな。喉は渇いていないか？」

「…少し」

レグリウスが背後を振り返ると、ハルシャーニが素早く盆に載せた水差しと杯《コップ》を用意する。水差しの中にはオラシオの葉を煎じた薬湯が入っている。ハルシャーニが杯に注いだそれを受けとると、レグリウスはイリリアの肩を支えて頭を上げさせ、杯を唇に当ててやった。

「飲め」

イリリアは素直にごくごくと飲み干した。

「もう一杯飲むか？」

「はい」

ハルシャーニに注ぎ足させた薬湯を再びイリリアの唇に寄せてやる。

イリリアは自分で持つと言いたげに、杯をつかんだレグリウスの手に自分の指を添えたが、無視して飲ませた。乾きが癒えて、ようやくひと心地ついたらしいイリリアがほっと息を吐いたところで、レグリウスはハルシャーニが捧げ持っている盆に杯を戻した。

「ありがとう、ございます」

礼を言ってレグリウスを見上げた瞳の色が、前より澄んで見えるのは熱で潤んでいるせいか。薬湯で濡れた唇が、妙に気になる。手を伸ばし、親指で唇についた雫を拭ってやると、イリリアの瞳が風を受けた水面のように揺れた。

「どうした。なぜそんな瞳で予を見る」

「…王さまこそ、どうして」

言いかけてイリリアは口をつぐんだ。

「何だ？」

続きをうながすと、イリリアは一度まぶたを伏せてから、何かを振り切るように顔を上げた。

「どうしてやさしいのかな…って思ったんですけど、考えてみたら訊くまでもなかったな…って。ぼくが神子だから、ですもんね」

青白い顔で「えへへ」と笑い、自己完結したイリリアにレグリウスは何か言い返したくなったが、何を言うべきか思い浮かばない。

神子だからやさしくしている。その通り。

正確には、やさしいふりをしている。利用価値があるから。何も間違っていない。なのに、なぜか苛立つ。不正確な報告書を読んだときのように、訂正と改善案を求めたくなる。他ならぬイリリア自身に。

「王さま？」

表情を変えたつもりはないのに、こちらの内心を敏感に感じ取ったイリリアに小首を傾げられて、視線を逸らす。ついでに話題も逸らした。

「汗をかいているな。着替えた方がいい」

「え…？　あの…、自分でします。できます。王さま…、自分で」

できると言い張る声を無視して寝衣を剝ぎ、下着も剝いで、温かい湯で湿らせた布で手早く汗を拭ってから、新しい寝衣に替えてやった。

王が手ずから着替えさせてやったことにイリリアは驚いていたが、それ以上に、脇に控えてあれこれ手伝っていたハルシャーニの方が数倍驚いていた。途中で何度か「それは私がいたします」と言って作業を引き継ごうとしたが、レグリウスはあえて無視した。

着替えが終わり、滋養のある肉と野菜の煮汁《スープ》を飲ませ終わると、イリリアが眠そうにまばたきをはじめたので、ハルシャーニを扉の外に追いやってふたりきりになった。

イリリアが眠るまで見守るつもりで寝台脇に置かれた椅子に腰を下ろすと、壁際の止まり木に移動して羽繕いをしていたレグルス二世が、スイ…と飛んできて肩に留まり、耳元でひと声鳴いた。

「ピィキュル！」

「王さまが、好きだって」

「嘘だな。好かれる理由がない」

イリリアは何か言いたげに唇を動かしかけたが、結局声には出さず微笑んだだけだった。

その顔から目が離せない。

最初に見たときから、生まれて間もない子兎のように無防備で、愚かさと表裏《ひょうり》一体の無垢さだけが取り柄だと思っていた。今はそこに、なぜか不思議な深みが加わった。そのせいだろうか。澄んだ深い水底をのぞき込みたくなるように視線を奪われる。思わず手を伸ばして、水底で輝く何かに触れたいと思う。

どこで生まれてどう育ったか。両親はどんな人間なのか。老爺のように白い髪は生まれつきなのか。それとも何か理由があって色が抜けたのか。

目の前にいる少年のことを、もっと知りたいという欲求が自然に湧き上がり、そんな自分に戸惑う。

王位につくため、王位を保つため、王位を強固にするため。政に関係のある人間に興味を抱くことはあっても、その反対はない。少なくとも十五年前、生まれて初めてできた同い年の友だちに毒を盛られて死にかけて以来、一度も覚えがない。

——なんだろうな…これは。

答を見つけたくてイリリアの瞳に見入る。イリリアも自分から目を離さない。

結果的に見つめ合うことになり、そのおかしさにようやく気づいて視線を外す。

「どうした。言いたいことがあるなら言え。前は遠慮もなく言いたい放題だっただろう」

責めるような言葉と裏腹に、声は我ながらやさしいと思う。手が自然に伸びて、額にはりついた前髪をかき上げてやると、イリリアは気持ち良さそうに目を閉じて、そのまま静かに寝息を立てはじめた。

そのまましばらく眠るイリリアの髪を撫で、寝顔を見つめて過ごした。

生産性もなく意味もない行為。馬鹿馬鹿しい。頭では己のしていることを冷静に批判できるのに、なぜか止めることができなかった。ただ単純に、不快ではなかったからだ。

『不快ではない』どころか、心地良いとすら感じていたと認めたのは、ベルガーに呼ばれてイリリアの側を離れたときだった。

♣　春の訪れ

毒の後遺症で臥《ふ》せっている間に、冬至の祝祭が終わって新年になっていた。

王は多忙な政務の合間を縫ってイリリアの寝室に顔を出し、回復具合を確認すると再び執務の場である南翼宮に戻っていくという毎日が続いていた。

年越しの祝祭に新神子が欠席するという不祥事の理由は、神殿が適当にでっち上げた。毒を盛られたと真実を言うわけにはいかず、さりとて風邪や他の病気だと言い訳するのも神子の威信を傷つける。神殿がひねり出した理由は、

『来《きた》る年の災いを、神子はその身に受けることによって取り除いた。神への祈りと神殿の加護により不調は最低限に抑えられてはいるが、しばらくは休養を必要とする——云々《うんぬん》』

というものだ。王からその内容を知らされたイリリアは、おもわずあんぐりと口を開けてしまった。まさか自分が施した術のことを知られたのでは…と、血の気が引く。

「神子って、そんなことができるものなんですか？」

「でたらめに決まってるだろうが」

「あ…そうなんですか」

二重の意味でほっと胸を撫で下ろすと、王が悪戯めいた笑みを浮かべる。

「いや待て、文献によると大昔には本当にそういう神子がいたらしい」

「へえ」

素直に感心すると、王はなぜか落胆したような表情になった。

「そこは『ぼくも、そういう力がないといけないんですか？』と、不安そうに訊ねるべきではないのか？」

イリリアはぱちりと瞬きをして王を見上げた。

「そういう…力がないと、いけないんですか？」

「そんなことはない。現代の神子は神殿が作り上げた偶像だと、最初に教えただろう」

「……」

妙に楽しそうな王を見ていたら、自然に頬が「ぷう」とふくれてしまった。それを見て、王はますますおかしそうに目を細める。

——気のせいじゃない。王さま、ぼくをからかって楽しんでる。

からかうといっても意地の悪いものではない。王の表情は以前にくらべて格段に豊かになり、イリリアと何気ない会話を交わすことを面白がっている。

「もう…」とつぶやいて身を起こすと、すかさず上着を肩にかけ、背中を支えて居心地よく枕をはさんでくれた。そのやさしさが嬉しくて、切ない。

毒殺未遂事件以来、王は以前にも増してやさしくなった。

何もしらないままだったら今ごろ自分は舞い上がり、天井にくっついて取れなくなっていたかもしれない。もしくは王に抱きついて甘えていたかも。けれど、王がやさしい理由など、嫌というほどわかっている。

――ぼくを味方にしておけば、大神官に対抗できるいい手駒になるからだ。

利用価値があるからやさしくしているだけ。そう考えると辛くなり「全部、知っています。ベルガーさんとの会話を聞いたから」とぶちまけたくなる。でも次の瞬間には、ぶちまけてそれでどうなる？　と窘《たしな》める自分がいる。『そんなことを言えば、王はおまえに見向きもしなくなるぞ』と。

やさしいふりをしてもしなくても、イリリアの態度が変わらないと知ったら、王は無駄を省いてイリリアの元には足を向けなくなるだろう。笑顔を向けることも、こうして時間を割いてわざわざ会話を交わそうともしなくなる。

それが分かっているから、イリリアは口をつぐんでいる。

向けられる笑顔が偽りだと分かっていても、かけてくれる言葉が本心でなくても、無視されるよりはいい。ときどき辛くなるけど、王に利用価値がないと見限られるよりはいい。

「ありがとうございます」

礼を言うと、王は「ふん」と鼻で笑いながら椅子に深く腰かけ、ゆったりと足を組んだ。すぐには出て行かないという意味だ。今日はゆっくりできるんですかとか、いつまでいられますかとか、よけいなことを言う代わりに窓の外を眺めた。

「雪、積もりましたね」

「そうだな」

イリリアの視線を追うように、王も白く染まった庭を見つめて目を細めた。それからふと思いついたように振り返り、イリリアの頭に手を伸ばす。

「そなたの髪のようだ」

ふりではなく本当に愛されていると錯覚しそうになるくらい、やさしい手つきで髪をかき上げられて言葉につまる。

「これは…」

胸が高鳴ると同時に、ぎゅうと引き絞られたように痛くなった。

こういうとき、『ぼくを大切にするふりをしなくても、ぼくは王さまの敵になったりしない』と伝えたくなる。そうすれば王さまは二度とぼくに関心を抱かず、放っておいてくれるだろう。寂しいけれど、こんなふうに胸が痛くなることは減るはず。

けれど、王の訪ないが遠のいて、ひとりぽつんとこの部屋や庭に佇む自分を想像すると、別の意味で胸がきしんで、結局口をつぐんでしまう。

「この髪は…」

胸の痛みを誤魔化すために、イリリアはこの髪がなぜ白くなったのか、思い出したことを語ることにした。

「ぼくの髪、元は王さまと同じ黒でした。でも、あの…地下牢でひどい目に遭って」

「首を絞められたことか」

「…いえ、はい。それもあるんですけど、それだけじゃなくて、母さんが他の囚人たちに食べられてしまうのを見て」

「——…食べられた？」

髪を撫でていた王の手が止まる。けれど離れてはいかない。手のひらは髪から項に滑り落ち、肩で止まってそのまま力づけるようにぎゅっと握られた。

「はい」

「それはどういう意味だ」

「そのままの意味です。それが起きる何日も前から、どうしてか食事が届かなくなって。水は、天井とか壁から染み出るのを舐めてなんとかなったんですけど、食べる物は全然なくて、みんなお腹が空いて、それで……」

「共食いを、はじめたと…いうのか?」

信じがたいと言いたげな王の声に、イリリアはこくりとうなずいた。

「はい」

あのときのことを改めて思い出しても、慣れてしまったのか、他人事のようにあまり心が動かない。だから淡々と話すことができる。

「母さんはぼくをかばって、自分の身を差し出したんです。あ、もちろん、食べられたときはもう死んでいて、苦しいとか痛い思いはしてないから、だから——」

まだマシだったんじゃないかな。そう言い添えようとした言葉は、温かくて広い王の胸に吸い込まれてしまった。王が、予想外の強い力で背中を抱き寄せたからだ。片腕だけでなく両腕で。こんなふうに身体が近づいたのは〝交合の儀〟以来じゃないだろうか。

ぼんやりと驚いているイリリアの頭上で、王がつぶやいた。

「なんということだ。予が治めている国で、そのような蛮行を許してしまうとは…」

悔恨と怒り、やるせなさに満ちた王の言葉は、己の不甲斐なさを責めるものだった。

「王さまが、悪いわけじゃないです」

イリリアは両手で王の広い背中を抱き返しながらつぶやいた。

母と自分が異端狩りに遭って投獄されたのは、神殿と神官たちのせいだ。

王さまはむしろ、ぼくを助けてくれた命の恩人なのに。

「いいや。神官どもの暴挙を止められなかったのは、予にそれだけの力がなかったせいだ。国王とは名ばかりで――」

そう言い重ねた王の声には、鉄をも溶かす酸のような後悔と、思うようにならない現状への苛立ちが重なり合っている。

「王さま…」

いきりたつ王の気持ちを慰めたい。その一心で、イリリアは背中にまわした両手に力を込め、届く範囲を懸命に撫でさすった。何度も、くり返し。

「でもあの日、王さまが地下牢にやってきて、囚人たちを解放しろって言ってくれたから、だからぼくは助かったんです。それって、王さまにしかできないことですよね？」

投獄された囚人たちの間でも、神官たちの横暴ぶりと悪評はとどまることを知らなかった。さらに、ここに来てから学んだことを合わせると、どれだけ多くの人間が神殿と神官たちの犠牲になっているか簡単に想像がつく。他人から聞いた話だけではなく、他ならぬ自分が身をもって経験したからこそ疑う余地もない。

イリリアが顔を上げて王の瞳を見つめると、王もイリリアの視線を受け止める。

「そういえば、そなたは予に二度、命を助けられたと言っていたな。なんのことかと思っていたが、一度目はもしやガラフィアの地下牢でのことか。あの日…あのとき、そなたはあの場にいたのだな」

「はい。地下牢があった場所の名前は知らないですけど、王さまの声は聞き間違えません。金色の光みたいな声だから」

「そうか。予の声は金色の光か」

「はい！」

以前ハルシャーニにも同じようなことを言ったことがある。「ハルシャーニさんの声は雨上がりの若葉色だね」と。そのときは思いきり怪訝な顔をされたので、王にも同じ反応をされると覚悟していた。それなのに予想外に微笑んでもらえて、凄惨《せいさん》な記憶で強張っていた心がふわりと温かくなる。まるでレグルス二世の羽毛に包まれたみたいだ。

嬉しくて自然に笑みを浮かべると、王はまたしても奇妙な——痒いところがあるのに我慢しているような、足がしびれて困っているような——表情を浮かべながら、イリリアの額に手を当てて前髪を掻き上げた。そのままぞんざいに髪をかきまわされ頭を撫でられて、気持ちがよくて眠くなってしまった。

我慢する前に「くわ…っ」と欠伸が出てしまい、あわてて手で口を覆ったけれど遅かった。笑みを深くした王の手で、イリリアは臥所に横たえられ上掛けを首までかけられた。

「そろそろ寝《やす》め。また明日、話そう」

次の約束がもらえたことが単純に嬉しくて、イリリアは「はい」とうなずいた。

王は最後にもう一度、イリリアの額を撫でて部屋を出て行った。

†

この日を境に、レグリウスは頻繁にイリリアの部屋を訪ねるようになった。

日に日に過去を思い出しつつあるイリリアの昔話に耳を傾けながら、時折《ときおり》自分のこともぽつりぽつりと口にする。

「予には弟がいたのだが、一歳になる前に身罷《みまか》った。——殺されたのだ。父は予が十三歳のとき首を斬り落とされて落命した。父のすぐとなりで、母は胸から腹まで切り裂かれ、臓腑を床にこぼして事切れていた」

床上げをしたイリリアが腰を下ろした長椅子に寝転がり、彼の膝に頭をあずけて手櫛で髪を梳られながら、現場を一緒に目撃したベルガー以外、誰にも明かしたことのない両親の最期を語った。イリリアのやさしい指が額から頬に流れて温もりを残してゆく。まるで、泣けない自分の代わりに、幻の涙をぬぐうように。

イリリアの肩にはレグリウスが贈った青鳥が留まって「ピルル、キュルル」と機嫌よく囀っている。窓辺から冬の終わりのまばゆい陽光が射し込んで、部屋は居心地よく暖かい。

「城を出て国中を放浪している間中、何度も裏切りを経験した。皆、予が王子だと知ると、最初は親切顔で近づいてきて揉み手で歓迎するくせに、裏では敵に金を積まれて予を売ろうとしたり、殺そうとした」

　胸元にゆるく載せていた手をイリリアにそっとつかまれる。そのまま持ち上げられて唇が指先に触れたので、レグリウスはその手をにぎり返し、自分の口元に引き寄せた。その一本一本に唇接けて他人に触れる心地良さを味わいながら、過去を振り返る。

「ようやく王都を奪還して、王位につくことができたのは十六歳のときだ」

　即位に協力してくれた地方領主や新約派の神官たちを優遇して、代わりに仇敵エデッサ公に与していた勢力を排除していった。一年もすると新約派は神殿で最大勢力に成り上がり、我が世の春を謳歌するようになった。

　レグリウスは自身の基盤が整うまで、新約派の力を利用して反対派を追放したり権力を奪い取っていた。そのため彼らに多少の行き過ぎ――国庫に納めるべき税をかすめ取って私腹を肥やしたり、先代までは許容していた異教や他宗派に対する弾劾――行為や暴挙には目を瞑るしかなかった。

「三年、国内を放浪して民の暮らしを直接目にした。裕福な者も、最下層で呻吟《しんぎん》している者も。そして彼らが何に苦しみ、何を一番望んでいるか理解した」

　傀儡《かいらい》から真の王に成るために、自分は何をしなければならないか。すべきか。

　レグリウスがそれを実行に移したのは即位から三年後。民の苦難の元凶である悪評高い人頭税の廃止に踏み切ったのだ。大臣も地方領主もこぞって反対したが、人頭税の廃止で空いた国庫の穴は、神殿から税を徴収して埋めると説得し、強行した。

これによってレグリウスは民から絶大な信頼と人気を得たが、引き替えに神殿勢力から蛇蝎《だかつ》のごとく恨まれるようになった。その怒りの矛先をかわすために、神殿内で定期的に起きる派閥争いを効果的に利用した。

神官たちには細かい位階がある。最下位の神官見習いの下にも、さらに見習い従者という身分があり、口減らしのために神殿に身を寄せようとする貧民の子は、たいていここから神官としての人生をはじめなければならない。見習い従者を最低三年。それを耐え抜いてようやく神官見習いとして認められると、再び三年務めて試験を受け、合格すればようやく最下位の下級神官となる。下級には十位から八位という位があり、何か秀でた行いで称賛されるか、試験に合格しなければ昇格できない。八位の上は七位から五位で、これは中級神官となる。その上が四位から二位の上級神官。ここまでくれば、暮らしは貴族並みに恵まれ、駆使できる権力も強大になる。

そして膨大な神官たちの頂点に立つのが一位の大神官だ。ここまで出世するには、類い希な権謀術数の才能か、国王級に強い後ろ盾が必要となる。それだけに、一度この地位に就いた者は、滅多なことでは至高の座を手放さない。大神官の座を奪われるくらいなら、相手を殺すか自分が死んだ方がましだと思うほど執着する。

レグリウスは、この執着心と出世にかける神官たちの野心を利用しながら、己に向けられる憎悪や暗殺者の刃をかわしてきたのだ。

「王さまも、たくさんつらい思いをしてきたんですね…」

「別に辛くはない。むしろ楽しいくらいだ」

裏切り者に復讐し、奪われたものを奪い返すのは。

脳裏に刻み込んだ敵たちの顔を思い浮かべて、強くにぎりしめた拳を眼前に掲げると、イリリアの両手に包まれ、ふ…っと力が抜けた。拳をほどき、イリリアが指をつまんだり伸ばしたりするのを許しながら、顔を見上げる。

「そなたもずいぶん酷《むご》い目に遭ってきたようだが、相手を恨んだりしないのか?」

「…うらむ、って?」

「やられたことをやり返したいと思うことだ。自分の身に災いが降りかかったように、相手にも不幸が訪れることを願う」

イリリアはレグリウスの人差し指と中指を半分に裂くよう割り広げながら、首を傾げた。

「そういうの、思ったことないです」

「ほう?」

レグリウスは胡散臭さに眉根を寄せ、イリリアの手から自分の指を引き抜いた。

「あ…」

イリリアが寂しそうな惜しむような顔をしたので、今日のところはそれで溜飲を下げた。

雪の代わりに雨が降るようになると、春の到来となる。

風はまだ冷たいが陽射しがよく当たる昼間は暖かく、外で過ごすのが気持ちよくなってきた。窓を開けると、冬の間に溜まった淀んだ空気が流れ出て、新鮮で清々しい風が吹き込んでくる。

イリリアが昼食を摂りに戻る時刻を見計らい、休憩をとるためにわざわざ南翼から奥宮に戻ったレグリウスは、イリリアと一緒に四阿に出て、春の清冽な風を味わった。

まだ冷たい風で体調を崩さないよう、イリリアには分厚い上着を着せ、厚い靴下も履かせてある。四阿の長椅子にも腰が冷えないよう、温石を敷いた毛布を敷いた。そこに座ったイリリアの膝に頭を乗せ、レグリウスは短い午睡を取る。

さらさらと、自分の髪を手櫛で梳るイリリアの、指の感触が心地いい。すっかり耳に馴染んだ小さな鼻歌も。

「何をしている？」

目を閉じたまま訊ねると、イリリアは「三つ編みです」と答えた。それがあまりにも楽しそうな声だったので、止めろと言うのをあきらめた。

「そういえば、また思い出したことがあるんです」

「なんだ」

「ぼくの姓名、ハーシュっていうんです」

「ほう。どんな意味だ」

「〝癒し手〟だって言ってました。ただし、その力は女の子にしか発現しないけど…」

女でなくとも予にとっては充分な癒し手だと、言葉にする代わり、レグリウスは手を上げてイリリアの腕をポンポンと軽く叩いた。

「イリリア・ハーシュか。良い名だ。神官どもにも教えておいてやろう」

「そろそろ南翼に戻るお時間です」

足音を立てずに近づいてきたベルガーが、短い逢瀬の終わりを告げる。

レグリウスは前髪を掻き上げながら身を起こし、名残惜しげに離れていくイリリアの白い手と髪を目で追った。

「神と精霊の御加護を」

しきたりとは少し違う見送りの言葉を口にしたイリリアに背を向けて、庭を立ち去り居間を横切ろうとして、ハルシャーニに呼び止められる。

「陛下、御髪に乱れが…」

鏡と櫛を手に、急いで近づいてきた近侍から鏡だけ受けとって、立ち止まらずに髪形だけ確認して鏡を返す。

「よい。このままで構わぬ」

そう言い置いて、あとは目もくれず背中を向けたレグリウスの代わりに、ベルガーが物言いたげな眼差しでハルシャーニを一瞥した。ハルシャーニは小さく唇を噛んでベルガーを見返す。ふたりの間に流れた無言のやりとりに、レグリウスが気づくことはなかった。

昨夜から降り続いた雨が上がると、春には珍しい、雲ひとつない抜けるような青空が広がった。

明日にまわせる政務は明日やることにして、レグリウスは早めに南翼を出て奥宮に戻った。出迎えたハルシャーニが、訊ねる前に「庭にいらっしゃいます」と手際よく答えたので、足を止めることも服を着替えることもせず、まっすぐイリリアのいる四阿を目指す。

「イリリア」

名を呼ぶと、青い空に向かって両手を広げ、楽しそうに笑っていたイリリアが振り返る。

「王さま！　お帰りなさい！」

広げていた手をそのままこちらに向けて駆けてくる。その肩に、空の色を切り取ったような青鳥が、スイ…となめらかな滑空で降りきて止まった。そうして、イリリアが思いきりレグリウスに抱きつくと、「ピキャ！」と囀って再び舞い上がる。そのまま上空を大きく旋回して、庭の奥に生えた高い木の枝に止まった。

「羽根は切らないのか？」

あれだけの飛空能力があれば、いつでも好きなときに壁を越え、大空の彼方に飛び去ってしまうだろう。可愛がっていた鳥に逃げられたら、イリリアはきっとまた泣く。あんな泣き声は二度と聞きたくない。そう思って注意を促したのに、本人はこちらの意に反してきっぱりと首を横に振った。

「切りません」

「出て行ったきり戻って来なくなったらどうする」

「呼べばくるから大丈夫。ほら」

呼ばれてスイ…とイリリアの腕に舞い降り、またすぐ飛び立って自由な大空を謳歌している鳥を見つめて、レグリウスは本当に大丈夫かと目を細める。

しかし、イリリアの答は揺るぎなかった。

「羽根は切らない。飛べなくて捕まって、殺されるのは二度と嫌だから」

独り言のようなささやきと、柔和な表情の中には、驚くほど強い意思が瞬いていた。

♣　春の終わり

雪解けでぬかるんでいた大地が乾いて、靄の代わりに土埃が目立つようになった。

晩春のある日。長らく続いていたロンサール国境での小競り合いに決着をつけるため、レグリウスが自ら兵を率いて遠征することになった。

「なに、兵といってもほとんどは示威のために連れていくだけだ。実際の戦にはならぬ。――ならぬというよりさせぬ。そのために予が自ら赴くのだ」

心配で居ても立ってもいられないイリリアをなだめるためか、レグリウスはことさら鷹揚に、自信に満ちた笑みを浮かべてみせた。

出立当日。表に出て兵士たちの前で儀式めいた見送りをする前に、瑞々しい新緑に覆われた奥宮の庭で、イリリアは王の無事と戦勝を祈って涙を浮かべた。

「王さま、これを」

使ってくださいと差し出したのは、自分の髪を編み込んだ髪紐だ。

レグリウスは無言でそれを受けとると、イリリアの前に片膝をついて後頭部をさらした。

「結んでくれ」

「…はい！」

イリリアはすでにまとめてある王の髪束からひと房取りだし、髪紐を使って三つ編みに似た特殊な編み込みを作り上げた。

手際のいいハルシャーニが用意した鏡を見て、王は不思議な編み込みに触れた。

「面白い編み方だな。それに、この紐の白い筋は…糸ではなくそなたの髪か」

「お呪《まじな》い。王さまが無事に帰ってくるように」

「呪い？」

聞き慣れない言葉に王が眉根を寄せてイリリアを見る。

「はい。気高き戦いの神マルドゥに王さまの守護を祈念してあります」

イスリルでははるか昔に滅んだとされる古い神の名を口にしたとたん、ハルシャーニがあわてたように割って入って苦言を呈した。

「イリリア様、一なる神以外の名を讃えることは神の怒りを招きます。それに、あろうことか異端の神の名で、陛下に〝呪《じゅ》〟をほどこすなど、許し難いことです」

「よい」

イリリアの前に立ち、ハルシャーニの糾弾をさえぎったのは王だった。

「我が伴侶はロム一族の末裔だ。一なる神を奉じる神殿によって弾圧され、散じてしまう前は古代の叡智を保持していたという。我らの目には多少怪しげに映るが、イリリアが予に害あることを為すはずはない」

「陛下…」

イリリアを信じていると、言葉と態度で示した王に驚いたのは、本人よりもハルシャーニの方だった。彫像のように立ち尽くしたハルシャーニは、信じられないと言いたげに王を見つめ、王がイリリアの肩を抱き寄せると、絶えきれないと言いたげに視線を逸らした。

「…申し訳、ありません。差し出がましいことを申しました。お許しください」

「わかればよい」

そのときハルシャーニがどんな表情を浮かべたのか、王の両手で頬をはさまれ、顔が近づいて、視界をさえぎられたイリリアには見ることができなかった。

「王さま…」

上から覗き込んでくる王の赤褐色の瞳に、自分の顔が小さく映っている。その小さな自分がどんどん近づいてきて、吐息が触れ合う距離まで唇が迫ったとき、背後で銀盆が石畳みにぶつかる派手な音が響きわたった。

「申し訳ありません」

柄にもない失態を演じたハルシャーニが、妙に固い声で謝罪する。

蜜を塗ったように艶めいていた王の瞳にふっと影が差し、夢から覚めたように表情が遠のいてゆく。王はイリリアの肩を抱き寄せたまま軽く後ろを振り返り、恐縮しているハルシャーニに声をかけた。

「言い忘れていたがハルシャーニ、今回そなたには留守居を命ずる。予がおらぬ間、イリリアについていてやってくれ」

王の言葉があまりに予想外だったのか、ハルシャーニは驚きのあまり大きく目を瞠り、もう一度銀盆を落としかけた。それをあわてて抱え直し、必死の形相で言い募る。

「そ…んな！　私は陛下とともに参ります。最初からそのつもりで仕度して」

「わかっている。予もそなたが側にいてくれた方が心強い。だが、イリリアを独りにするわけにはいかぬ。予の代わりに注意して守ってやる者が必要だ。頼んだぞ」

「……」

王の頼みをことわることはできなくて、ハルシャーニは口の中で小さく「そんな…」とつぶやいた。最愛の主君と離れ離れになる絶望と悲しみに声は震え、頬の血の気も失せてゆく。形替の術があるから、ある意味安心して送り出せるイリリアと違って、王の身を案じるハルシャーニの心配と焦燥は見ていて可哀想なほどだ。身にまとう空気の色が、いつもより濃い緑色に沈んでいる。

「王さま、ぼくはひとりでも大丈夫です。あ、もちろんハルシャーニさんがいた方が心強いですけど。でもハルシャーニさんは王さまのことがすごく心配で、一緒にいたいんだと思います」

よかれと思ってハルシャーニの主張を擁護したのに、本人は侮辱されたようなひどい表情でイリリアをにらみつけてきた。いったい何が気に障ったのか分からなくて、戸惑っていると、王が反論を許さない凄味のある声で訊ねた。

「ハルシャーニ、そうなのか？　予の頼みより、そなたは自分の望みを優先したいのか」

うつむいていたハルシャーニは弾かれたように顔を上げた。

「……いいえ！　私は陛下の忠実な僕《しもべ》です。仰せの通り神子様をお守りして、陛下の無事の帰還をお待ちいたします」

「うむ。頼んだぞ」

「はい」

よどみなく一礼したものの、表情は冴えないままだ。

ハルシャーニさんは本当に王さまが大切なんだな。一番に想っているんだな。ぼくと一緒だと思った瞬間、胸の奥がズキンと痺れた。

「?」

なんだろう、この痛み。王さまに『利用価値があるから大切なふりをしてるだけ』と言われたときの痛みと似ている。

胸を押さえて首を傾げたイリリアの前で、王は軽く手を振ってハルシャーニと、少し離れた場所で静かに待機していたベルガーを遠ざけた。

ふたりきりになり、会話を他人に聞かれる心配がなくなるまで待ってから、王は改めてイリリアの肩を抱き寄せた。正面から。堂々と。

「イリリア」

「はい」

「予のことが、好きか?」

「はい!」

迷いのない返事に、王は深く満足そうにうなずいた。

「此度の戦から帰ってきたら、そなたを抱く」

「……え？」

「交合の儀だ」

「…え？　でも、あれは儀式で義務だから、終わったらもうしないって」

確か王さまが、自分でそう言ったのに。

イリリアは動揺して視線をあちこちにさまよわせ、最後に王の足元をみつめた。

「嫌なのか？」

「……っ」

少し怒った口調で問いつめられて、視線を地面に落としたまま、あわててブンブンと大きく首を横に振る。

「ならばよい」

最初から拒絶される可能性など考慮していない、自信に満ちた声がつむじに当たる。

そのまま顎に指をかけられて、顔を上げさせられた。

さっきよりももっと近くに王の顔が迫っている。

「……ぁ」

ゆるく開いた唇に、王の唇がそっと重なる。

軽く触れただけの唇接《くちづ》けは、痺れるように熱く甘い火種をイリリアの中に植えつけた。

†

王と神子から遠ざけられたハルシャーニは、庭の隅の木立の陰でふたりのやりとりを静かに、息を殺して見守っていた。

信じられないことに、王は身を屈めて神子の顔に自分の顔を近づけ、そのましばらくじっとしていた。その行為に、何か別の意味をつけたくてもできない。出立する王を見送るために庭を出て、南翼に向かう廊下を一緒に歩きながら、そわそわと王を見つめて頬を染める神子の顔を見ればなおさら。

神子を見る王の甘やかな瞳は、まるで別人のようだ。少なくとも、ハルシャーニが十一年近く仕えてきた王の行動からはかけ離れている。

『あれは、神子を手駒に置いておくための演技にすぎない。気にするな』

ハルシャーニと同じように、毎日王と神子のやりとりを見守ってきたベルガーは、そう言って王の変化を納得しようとしているが、自分には到底あれが演技とは思えない。

十年以上、ずっと間近で見続けてきたのだ。王の怒り、苛立ち、悲しみ。数少ない喜びをどう表現するのか、ずっと側で見守ってきたから知っている。

――あれは…演技なんかじゃない。王は、まさか本気で神子のことを…？

受け入れ難い可能性が頭に浮かんだ瞬間、ハルシャーニはそれを否定した。完璧に。

「そんなことが、あるわけない。これにはきっと何か裏があるはず」

ロンサール国境に出立した王を見送って、奥宮に戻る廊下の途中でハルシャーニは、ついさっき閃いた疑問を口にした。

「イリリア様は、いったいどんな〝呪《まじな》い〟を王にほどこしたのですか？」

何か王の気を惹く呪いでもかけたのか。そうでなければ王の態度が説明できない。

我ながら少し嫌味だなと思いながら訊ねると、神子はあからさまに動揺を見せた。

ぎくりと身体が強張り、それから焦ったように表情を取りつくろって、意味のない薄笑いを浮かべる。もうそれだけで、疚《やま》しいことがあるのは明らかだ。

「なにも…！　呪いなんて何もかけてませんよ！」

両手を胸の前で左右に振り「ないです、ないです」とくり返す姿が、心底怪しい。

「そうですか」

あっさり矛先を下げると、神子は分かりやすくほっとした表情を浮かべ、額にかかった前髪を指で引っ張って、自分の失態を誤魔化そうとしている。ますます怪しい。

何か後ろ暗い――隠し事がある者特有の反応だ。

「少し、不思議に思ったものですから」

わざと安心させるため、それ以上関心のないふりでそう言うと、神子はハルシャーニではなく、ハルシャーニの周囲に視線をめぐらせ、遠くのものを見つめるように目を凝らした。それからふっ…と息を吐いて、しみじみとつぶやく。

「ハルシャーニさんは、王さまが本当に大好きで、とっても心配してるんですね」

「……どういう意味です？」

苛立ちを出さないよう、王の近侍として鍛え上げた胆力を駆使しながら訊ねる。

神子は気圧されたように少し首をすくめ、彼なりに言葉を選んで説明しようとした。

「ええと、前にハルシャーニさんの声は雨上がりの若葉色だって言ったことがあるけど、あれって声だけじゃなく、こう…まわりに、ふやふやっと見える色がそうなんです」

「はあ」

本人なりに努力はしているのだろうが、やはり神子の説明は要領を得ない。

「その色がときどき濃くなったり薄くなったりするんですけど、濃くなるときって、いつも王さまを心配してるときだなって、思って…、ごめんなさい。ぼく、何か変なこと言いました？」

語尾が小さくなって最後に謝られたところで、自分がひどく険しい目で神子を見つめていたことに気づく。さりげなく視線を逸らして表情を取りつくろい、「そんなことはありません」と微笑んでやると、神子は不思議そうに小首を傾げた。

「今日はこのあと特に予定はございませんが、神子様はいかがなさいますか?」

「草取りします」

「ではその間、私は少し出かけて参ります。何か御用がある場合は近侍見習いのソレアにお申しつけください」

「はい」

ソレアは最近、王が神子のために新しく採用した近侍見習いだ。歳は十八になったばかり。すらりと背が高く細身だが、見かけによらず力がある。頭がよくて機転も利くが、何かに集中すると他がうっかり疎かになることもある。今はハルシャーニの下で修行中だが、いずれ正式に神子の近侍となる。ハルシャーニが神子ではなく王の近侍に戻りたがっているのを察して、王自身が手配してくれた。

奥宮の庭に戻って駆け出してゆく神子を確認して、ハルシャーニは踵を返した。

目指すは〝探求の塔〟。

〝探求の塔〟は国内で唯一、神殿に——すなわち一なる神の教えに染まっていない学問の砦だ。神殿が焚書や思想弾圧で消し去ってきた古い神々とその教えも、わずかながら残っている。神々に関する記録だけでなく、すでに失われた古代の技術や叡智も。

以前ベルガーが調べに行き、資料の膨大さに驚いて教えてくれた。

ただし閲覧記録は神殿への報告義務があるため、いつ誰がなんの資料を見たか筒抜け。

たとえば異教について調べたりすると、異端の疑いを持たれて神殿の監視を受ける羽目になる。だが、ハルシャーニは気にしない。神殿の権力はいずれ王が削り取ってくれる。監視を受けてもそれまでの辛抱だ。

塔は王城の裏手に広がる森の中にそびえ立っている。ハルシャーニは所定の手続きを取って学者の案内を受け、長老のひとりに助けてもらいながら必要な資料を探し出した。

当然、たった一日ではこれといった成果は得られない。ハルシャーニはイリリアの世話をソレアに任せ、連日〝探求の塔〟に通った。五日目には、イリリアが謎の怪我を負うという事件が起き、その不可解さゆえに資料をめくる手にも力が入った。

十日ほど塔に通ったところで明らかになったのは、神子の出自だというロムの民とは、神殿がそうであるようにいくつかの流派に別れ、それぞれ陽術や陰術と呼ばれる術を使い分けていたということだった。中には人を呪い殺したり、心を奪って意のままに操る怪しい術もあったらしい。

術を行うためには動物や人の血が供物として使われ、時には命を捧げることもあったという。呪殺や奪心ではなく、ちょっとした病気や怪我といった小さな不幸を与えるためには、髪や爪、汗が染み込んだ布などでも効果がある。

「髪…、呪殺…、――これは」

ハルシャーニの心に確信が生まれる。

「やっぱり…、思った通りだ」

「いかが致しました？」

傍らで古代語を読み上げてくれていた長老が、ハルシャーニの独り言に首を傾げる。

「いえ、あの…、このロムの民についてもっと詳しく教えてください。特にこの呪殺と奪心について」

「それについては記録がほとんど残っていませんが、こちらの陽術『病気平癒《へいゆ》の祈祷《きとう》』が参考になるでしょう。陽術と陰術は表裏一体。手順はわりと似ているらしいので」

長老の勧めに従っていくつも資料を確認し終えたハルシャーニは、日没前に強い確信と危機感を持って〝探求の塔〟をあとにした。

——やはり、神子は王にとって危険な存在だ。

王があそこまで神子に気を許し、隙を見せるようになったのは、絶対に神子が怪しい術を使ったからに違いない。そうでなければ説明がつかない。王はこれまで一度も、自分にだけでなくベルガーにすら、全幅の信頼を寄せたことはない。九割は信じてくれていても、残り一割は常に警戒している。裏切りを。造反を。

奥宮に戻りながらハルシャーニは考え続けた。

王に『神子は危険だから遠ざけてください』と進言するには証拠がいる。

いったいいつ、神子は王に術をかけたのだろう。それに、どうやって？

神子の持ち物はすべて自分が確認している。怪しいものがあれば見逃すはずはない。奥宮にたどりついて神子の部屋に入ると、中身は空。窓が開いて薄い緞帳《どんちょう》が風になびいている。外は日暮れて、甘い夜の匂いが漂いはじめている。まだ辛うじて人影が見分けられる薄闇の中、神子が毛布を持ち出して四阿に寝床を作っているのが見えた。

一年前まで夜でも皓々と庭を照らしていた燈火は、神子が『草木の成長によくない』と訴えたのを王が聞き入れて、少しずつ数を減らし、今では牆壁沿いを照らすのみとなっている。夜の闇に潜む暗殺者をあれほど警戒していた王が、よくも神子の言葉を聞き入れたものだと、当時は驚き不思議に思ったが、今ならその理由が分かる。

ハルシャーニはじわりと拳をにぎりしめて庭に出ると、四阿に近づいて声をかけた。おだやかに見える表情を意識して浮かべながら。

「何をしていらっしゃるんです？」

「ハルシャーニさん、お帰りなさい」

「また、四阿で寝起きするつもりですか？」

「うん。はい。ずいぶん暖かくなってきたし、王さまの無事を祈るのに、星を見ながらの方が届きやすいと思うから」

「――そうですか」

「ハルシャーニさんも一緒にどうですか？　ソレアはぼくと一緒に一晩ここで寝てみるそ

うです」

「ソレアが？」

見習い近侍の名をつぶやくと、ちょうど燭灯や鍋、茶杯、毛布、枕などを山ほど抱えたソレアが現れた。

「ハルシャーニ様！」

ソレアは王に見込まれ、神子があっという間に馴染んだだけあって、柔和《にゅうわ》な物腰でありながら無駄のないきびきびとした動きで近づくと、ハルシャーニに一礼してから荷物を有るべき場所に置いてゆく。そうして神子と同じように笑みを浮かべ、「ハルシャーニ様もご一緒にいかがですか」と脳天気に外寝を誘ってきた。なるほど、これなら馴染むのも早いはずだ。

「いいえ。私は自分の部屋で寝みます。いろいろと、記録をまとめなければならないものがあるので」

「そうですか」とふたりは素直に引き下がり、ハルシャーニは四阿から離れた。

庭から部屋に入る前、もう一度振り返って庭を見る。

ソレアが点した燭灯の灯りに、ぼんやり浮かび上がった白い四阿。夕べの風。ざわめく木々に記憶が刺激される。何かが水底から浮かび上がってくる。白い顔、白い頭。

『そこで、何をしていたのです？』

『祈りを…捧げていました。王さまのために』

「あ…！」

思い出した。

あのとき神子はひどく人目を気にしていた。誰にも見られていないか、警戒しながら茂みの陰から出てきた。手も膝も土で汚れ、指には刃物で切った傷があった。

「血…、供物……？」

ぞわりと背筋に悪寒が走り、ハルシャーニは我が身を抱いた。

自分たちは、とんでもない化け物を王の側近くに置いていたのかもしれない。

「陛下をお守りするために、なんとしても神子の正体を曝《あば》かねば…！」

ハルシャーニは敬愛する王のため、怪しい術によって危険にさらされている王を正気に戻すため、自分が為すべきこと、為さねばならぬことをはじめた。

翌日。日課の神殿通いの供は見習いのソレアに任せ、ハルシャーニは奥宮に残った。

誰もいなくなった庭に出て、あの日、神子が『王のために祈りを捧げていた』茂みを探して歩く。そして記憶を頼りにいくつか潅木の根元を掘り返し、ようやく見つけた。

怖ろしい謀《はかりごと》の証を。神子イリリアが、異端の妖術を使って王をたぶらかした証を。

それは、血が染み込んだ布で作られた、不細工な人形だった。

ハルシャーニは震える手で罪の証を部屋に持ち帰り、小箱に保管してから今後のことを考えた。どうすれば王の立場に痛手を与えず、神子の罪だけを告発できるだろう。

神子の術によって操られている王に進言しても無駄だ。それはもう充分思い知っている。外部の協力がいる。神子を告発して、身分を剝奪できるだけの権力を持つ協力者が。

「大神官カドーシャ…か」

彼なら喜んで神子イリリアを告発するはず。油断すればこちらの足元をすくわれる危険もあるが、背に腹は替えられない。

ハルシャーニは小箱を持って神殿に向かった。心のどこかでかすかに、自分は本当に王のためだけに神子イリリアを排除しようとしているのか、自問するささやきが聞こえた。けれどすぐに、そんな疑問は追い払い、自分は正しいことをしているのだと思い直す。

「陛下のためだ。それ以外の理由などない」

何度も自分に言い聞かせながらハルシャーニは神殿の門を叩き、大神官カドーシャに面会を求めた。

一刻以上も無駄に待たせた挙げ句、カドーシャは「多くの時間は割けぬ。手短に」と、もったいぶった態度で現れた。ハルシャーニは前置きを省いて、端的に告げた。

「神子の身分を合法的に剝奪できる証拠を見つけました。陛下にいっさい累を及ぼさぬと約束してくれるなら、この証拠をあなた方に使わせてあげましょう」

カドーシャの瞳が獲物を狙う胡狼《ジャッカル》のように鋭く光る。最前の傲慢《ごうまん》な態度を引っこめ、ずいと身を乗り出してハルシャーニに顔を寄せてささやく。

「――どういう意味ですかな？」

ハルシャーニは一連の推理を簡潔に述べ、最後に小箱を開いて証の品を見せた。

大神官の瞳の輝きが増す。欲しくてたまらなかった贈り物を前にした子どものように。

「これが、間違いなく神子殿の手で土中に埋められたという証言を、法廷でしていただけますかな？　王が最も信頼をおく近侍の証言とあらば、多くの者が納得するでしょう」

「陛下には累を及ばさぬと、誓ってくださるなら」

「おお、もちろん。陛下に罪を問うたりすれば、その神子を候補にした我らの不手際も言及されてしまいますからな」

ハルシャーニはカドーシャを見た。互いの目の中に利害の一致を確認して、小さくうなずき合う。それからふたりで偽神子告発の手順を確認し合い、納得したところで宣誓を交わし、神殿を辞去した。もちろん、最強の手札となる証拠の品をカドーシャに預けるような愚は犯さない。不気味なこの人形は来るべき裁判が行われる日まで、ハルシャーニが大切に保管することになっている。

†

王がロンサール国境に出立してから五日目。

神殿での神子修行を終えて奥宮に戻り、昼食を摂っている最中、イリリアは突然左腕に走った激痛に悲鳴を上げ、食器を取り落とした。

ハルシャーニが素早く窓に取りついて緞帳を引き、外からの視界をさえぎりながら護衛騎士たちを呼ぶ。雪崩《なだ》れ込んできた騎士たちの半分に守られながら、イリリアは即座に窓のない安全な場所へ避難させられた。騎士の残り半分は部屋に残ってさらなる敵襲に備え、犯人の捕獲と調査に乗り出すという。

一連の流れは一糸乱れぬ素早さと正確さで行われ、王を護るために日ごろから訓練し、有事に備えている護衛騎士や近侍たちの覚悟を見た気がした。

「傷をお見せください」

ソレアが手当てをはじめていたイリリアの左腕を、襲撃現場からもどってきたハルシャーニが、心なしか乱暴に持ち上げる。

「…ッ」

洩れそうになった悲鳴を堪えたイリリアの視界の端で、ソレアがハルシャーニに不安そうな目を向けるのが見えた。

「申し訳ありません」

出会ってすぐの頃に似た、冷たい空気をまとったハルシャーニに腕の傷を覗き込まれ、イリリアはほのかな不安を感じた。

――どうしたんだろう。このところずっとこんな雰囲気が続いてる。ハルシャーニさんの緑の色も濃くなっているから、きっと戦地にいる王さまのことが心配でたまらないんだろうな…。

傷を検分されながら、イリリアはじっとハルシャーニを見つめた。

「傷は鏃《やじり》によるものに見えますが、――…おかしいですね、あの部屋には鏃も矢も見当たらなかった。窓も閉まっていたし、硝子はどこも割れていない」

冷静に状況を分析するハルシャーニの表情が、ますます険しくなってゆく。身体のまわりにふわりとただよう靄の色も、一段と深く濃い緑に変わった。ほとんど黒に近い。

「ハルシャーニさん、何かあったんですか？」

心配になって訊ねると、ハルシャーニはゆっくり顔を上げてイリリアを見た。

「――何か、とは？」

剃刀で薄く肉を削がれるような、ひやりとする冷たい声だった。

ハルシャーニがただよわせている靄が、王の身を案じる色一色でなければ、イリリアはこれ以上この話題に触れようとは思わなかっただろう。けれどハルシャーニは王のことを心の底から案じている。それだけは自分も一緒だから無視できない。

「ええと、すごく王さまのことを心配してますよね？　それに最近いつもどこかに出かけて姿が見えないから、何か問題が——…王さまのことで心配なことがあるのかと思って」

ハルシャーニは一瞬、目を瞠り、それからふっと緊張をゆるめた。

「…そうですね。ええ、そうです。陛下の身に危険が迫っているかもしれないと思うと、居ても立ってもいられなくて…。申し訳ありません」

「いいんです。その気持ちは、ぼくも同じですから」

イリリアは、深くうつむいたハルシャーニの手を取って力づけた。ハルシャーニはうなだれたまま、いつまでたっても顔を上げない。だからそのとき、彼がどんな表情をしていたのか、イリリアには分からないままだった。


王が遠征に出て十日あまりが過ぎた。王がいない庭に、そろそろ春の終わりが訪れようとしている。陽射しが強くなり、日中は少し動くと汗ばむ陽気だ。

あと一ヵ月半もすれば、イリリアが王と出会って一年になる。

「もう一年か…、早いなぁ」

つばの広い帽子を持ち上げて空を仰ぎ、遠く離れた王の顔を思い浮かべて切なくなる。

ぐすんと鼻を啜り上げたとき、庭の向こうから人の気配が近づいてきた。茂みを揺らして、ずいぶんと早足だ。

王ではない。王ならもっとあたりが明るくなる。

イリリアは草むしりで汚れた手を叩きながら立ち上がり、やって来る人物を見分けようと目を細めた。

「レギスタンさん、ロクスリーさん、どうしたんですか？」

レギスタンとロクスリーは、王がイリリアのために残した近衛騎士の一員だ。そのふたりが妙に険しい顔で近づいてくる。すぐさま思い浮かんだのは戦地に赴いた王のこと。

「王さまの身に、何かあったんですか⁉」

こちらから駆け寄るように勢い込んで訊ねると、答えはひとこと、素っ気なく。

「いいえ」

ふたりの騎士は言葉少なくイリリアの前に立つと、なんの前置きもなく、それぞれがイリリアの腕を一本ずつつかんで背中にまわした。

「ご同行願います」

願うと言いながら、ふたりは返事を待たず歩き出した。

「え…？　え？　なに？」

イリリアはほとんど持ち上げられるようにして、庭から運び出されてしまった。

「どこへ…行くんですか？」

今朝、顔を合わせたときには親しげに微笑んでくれたふたりが、今は冷たい無表情でイリリアの問いを無視する。他に答えてくれる人は誰もいない。そのまま、足を動かさなければ引きずられる勢いでどこかへ連れて行かれる。方角的には東北だろうか。王城は広く、場所によっては迷路のように入り組んでいて、イリリアが知っているのは奥宮と南翼をつなぐ大廊下と、いくつかの通路くらいだ。初めての場所で右に左に連れまわされるうちに、自分が王城のどのあたりにいるのか把握できなくなった。

分かるのは空気の違い。奥宮の寂寞《せきばく》に近い清浄さとも、南翼の清濁《せいだく》、濃淡、明暗入り交じった万華鏡のような騒々しさとも違う。陰々とした、真冬の氷室から吹き寄せてくる風のように冷たい悪意が、柱の陰や曲がり角の向こう、光の届かない薄闇でとぐろを巻いて、不運な獲物を待ちかまえているようだ。足がすくんで震えが起きる。怯えるイリリアを急き立てて、レギスタンとロクスリーはどんどん先へ進んでゆく。

明らかに建材の質が変わったあたりで騎士のふたりが立ち止まった。すると、暗い影に沈む通路の奥から、頭蓋布《フード》を目深《まぶか》に被った黒装束の男たちが現れ、イリリアの身柄は彼らに引き渡されてしまった。

「ぼくをどうするつもりですか？」

黒装束の男たちは答えるどころか、視線すら向けない。イリリアはレギスタンとロクスリーよりさらに乱暴な手つきで追い立てられ、時には荷物のように抱えられながら、どんどん奥へ運ばれていった。廊下は次第に狭く、天井も低くなり、薄暗くなってゆく。

「ぼくを、どこへ連れて行くんですか？」

もう一度訊ねてみたけれどやっぱり答えてもらえない。あまりの不穏さに、イリリアはようやく自分が——王でもなく鳥でもない、自分自身が危険にさらされていると気づいた。

「は、離してください。離して…！　離せ！」

足を踏ん張り、拘束を解くために抗いながら叫んだ声は、冷たい石壁に虚しく木霊《こだま》するばかり。イリリアは再び荷物のように持ち上げられ、狭くて急な下り階段を何段も何段も運び下ろされた。そうしてたどりついた場所は、地下深くに作られた牢獄だった。

「や…」

何十年も、もしかしたら何百年も、光が当たらず冷え切った石壁が放つ冷たさと独特の匂いが、ほんの一年前まで居た場所の記憶を揺り起こす。

「嫌だ」

そこは嫌だ。二度と戻りたくない。

イリリアはいやいやと首を振り後退《あとずさ》ろうとした。

「どうして？　どうしてぼくが、またそこに入らなきゃいけないの⁉」

悲鳴に近い問いに答えはない。イリリアは無言の男たちの手によって、巨大な方形の石積みでできた牢獄に放り込まれてしまった。

「……誰の命令ですか？　いったい誰が、ぼくを…⁉」

ごろりと勢いよく転がされて起き上がり、すぐに扉に飛びついて叫んだけれど、顔を見せない男たちは振り返りもせず、無言で立ち去った。独り残されたイリリアは、分厚い鉄扉にすがりついたまま、呆然と立ち尽くすことしかできなかった。

†

一触即発状態だったロンサールとの国境紛争に決着をつけ、ロンサール王と直接対面する機会を思いがけなく得たレグリウスは、ついでに和平の合意を取りつけて意気揚々と帰還の途についた。細かい条件はこれから互いの特使が行き来してすり合わせを行うが、少なくとも向こう十年間は、再び国境線の小競り合いで頭を痛めることはなくなるだろう。

王城に帰り着いたのは、夏のはじまりを告げる蒸し暑い日の午後。

「イリリアはどうした？」

王都の中心を貫く大通りを凱旋《がいせん》している最中も、王城南翼に到着してしばらく経っても、一度も姿を見せない〝王の伴侶〟が心配になり、奥宮に入ったとたん、ひとりで出迎えに現れたハルシャーニに訊ねた。

「具合でも悪くして伏せっているのか？」

それ以外に、自分を出迎えに現れない理由が思いつかない。

レグルス二世を肩に乗せ、長衣のすそをひるがえして駆け寄ってくる姿を楽しみに――、そう、我ながらおかしなことに、楽しみにしていたのだ。

自分が留守にしている間、イリリアの身に何か起きた場合はすぐに報せを寄こせと命じてあった。だが、遠征中に急を報せる早馬や使い鳥が来たことは一度もない。

「いえ。神子様は――」

ハルシャーニが何か言いにくそうに言葉を選ぶ。それを聞き流しながら、レグリウスは凱旋のため美々しく飾り立てた外套《がいとう》や甲冑《かっちゅう》、篭手《こて》や胴着や足当てを、ベルガーとハルシャーニに手伝わせて次々と脱ぎ捨ててから庭に出た。

「イリリア、どこにいる？　――まさか昼寝でもしているのか」

ぼんやりしたところのある子どもだ。そういうこともあるかもしれない。

返事がないことを不思議に思いながら振り返ると、自分がベルガーの次に信頼を置く、優秀な近侍が妙に畏まった表情を浮かべている。

「なんだ、ハルシャーニ。何があった？」

声が自然に低くなる。ハルシャーニは覚悟を決めたように顔を上げ、まっすぐレグリウスを見上げて口を開いた。

「神子様……いえ、元神子だったイリリア・ハーシュは異端の罪で捕らえられ、神殿の地下牢に投獄されました」

「なんだとッ⁉」

思わず出た声は、我ながら驚くほど大きい。

考えるより先に手が出て、ハルシャーニの襟元を鷲《わし》づかんで引き寄せる。

「どういうことだッ⁉　予の留守に何が起きた。なぜ報せを寄こさなかった。いつだ、いつ、イリリアは捕らえられた。――どこに、どの神殿の地下牢だ？」

一言ごとに揺さぶって、ハルシャーニを怒鳴りつける。ハルシャーニは目を大きく見開いて驚愕している。驚いている暇があるなら答えろ。拳に力を込めると、血の気の失せた頬が震え、何か言おうと唇を動かしたが声は聞こえない。はっきり言えと、もう一度怒鳴りかけたとき、背後から肩をやんわりつかまれた。

「陛下、ハルシャーニの息が止まってしまいます。手をゆるめてやってください」

ベルガーの静かな声で我に返る。拳の力を抜くと、ハルシャーニがよろめきながら崩れ落ちて咳き込んだ。それを自分でも驚くほど冷たい気持ちで見下ろして、もう一度問う。

「ハルシャーニ、答えろ」

ハルシャーニは喉を押さえ喘ぐように口を開いた。涙ぐみ、慈悲を請うようにレグリウスを見つめながら。

「存じません…」

役に立たない近侍を押し退けて、レグリウスは大きく足を踏み出した。

王城内だけでも神殿は四つある。王都内に範囲を広げれば主要なものだけでも十。小さなものも含めれば五十を超える。国内すべてが対象なら五百以上だ。しらみ潰しに探すより、最も怪しい大神官カドーシャを問いつめた方が早い。

居間へ戻る扉を押し開けようと、伸ばした腕をさえぎられた。

「なりません」

何も言っていないのに、こちらの意図を察したベルガーが眼前に立ちはだかり首を振る。

「何も分からない状態で乗り込んだところで、いいようにあしらわれるだけです。神子を必死に探していると知られれば、それこそ向こうの思う壺。冷静になってください。まずは事の詳細を把握するのが何よりも重要。ハルシャーニ！　泣くのを止めてここへ来い。おまえの知っていることを、細大洩らさず王に報告せよ」

ハルシャーニは「泣いてなんかいません」と小さく抗議しながら、拳でぐいと目元をぬぐい、立ち上がった。近侍に取り立てて以来、彼が涙をこぼすのを見たのは初めてだ。

失態を叱りつけたことなら、これまで何度もある。今回の態度が特別ひどいというわけでもない。それなのに、なぜいきなり涙を流したのか理解できない。

――理解したくもない。今はとにかくイリリアの無事を確認するのが先だ。

冷たく睥睨《へいげい》するレグリウスの前で、ハルシャーニは二十日も前に起こったことを話しはじめた。その内容を手短にまとめるとこうだ。

王が出立して数日後、突然イリリアが腕に怪我を負った。傷は明らかに矢によるものだったが、犯人はおらず襲撃の痕跡もなかった。それがあまりに不可解で不自然だったことと、これまでの言動にも怪しいところがあったので秘かに調べたところ、呪術の証拠が挙がった。〝探求の塔〟に問い合わせると、襲撃者がいないのに突然傷を負ったのは、おそらく呪い返しを受けたのだろうと説明された。そして呪術の証拠を見せると、それは相手を呪い殺す、もしくは呪者の意のままに操るものだと言う。

王の命に関わる大事なので、さすがにハルシャーニひとりの胸に納めることはできず、敵ではあるが大神官カドーシャに助力を仰いだ。一なる神の力によって王にかけられた呪いを解き、これ以上イリリアが王に害為すことがないよう、呪力を封じてもらうために。

「呪いを解くには、かけた呪の種類と供物を曝けばいいそうです。イリリアには自白を促しましたが、頑として口をつぐんでしゃべろうとしません。ですから、やむなく地下牢に幽閉し、罪を認めろとうながしています」

現在、イリリアの身分は神子ではなく、異端の妖術で王を害しようとした罪人だ。だからロンサール国境に報せは送らなかった。罪人の安否を王に報告する義務はないと判断したからです。そうしめくくった近侍の顔を、レグリウスは不気味な思いで見つめた。

「――拷問にかけているのか？」

可能性は充分にある。手足を磨り潰されて血塗れになったイリリアの姿を想像したとたん、自然に凄味のある声が出た。一声で民を従える王の声だ。ハルシャーニはひくりと身をすくめ、指先のふるえを誤魔化そうと、必死に手を組み替えながら首を横に振った。

「いえ、さすがにそれは…。――陛下の下命があれば別ですが」

「予がそんなことを、命じるわけがないだろう！」

見くびるなと怒鳴りかけて、さすがに自分が冷静さを失っていることに気づく。

意識して呼吸を深く吸い、吐き出して、高ぶった気持ちを落ち着けながら考える。

「イリリアが予を呪殺なり操るなりしようとしたという、その証拠の品はどこにある」

近侍ひとりの言葉など鵜呑みにできるか。たとえそれが九歳のときから十一年間、自分に仕えてきた人間であっても。油断すれば足元をすくわれる。そんなことは嫌というほど経験してきた。

レグリウスが睨みつけると、ハルシャーニは唇を嚙んで「こちらです」と促した。

書斎の広い机の上に、ハルシャーニが自室から持ってきた小さな木箱が置かれ、中を開いて見せられた。

「これがそうです」

そう言って、ハルシャーニは中から奇妙なものを取り出した。

「それは、なんだ？」

「形代《かたしろ》と言うのだそうです。相手を呪うのに使用する」

割いた布で作られたぞんざいな人形《ひとがた》を見せられて、初めてレグリウスは動揺した。

それが放つ異様な気配に、ざわりと後頭部が逆立つ。

レグリウスの反応に勇気を得たように、ハルシャーニは人形を解体しはじめた。

「この染みは邪神に捧げるための供物です。これはイリリアの血で間違いないでしょう。刃物で切り裂いた傷で、手当ては私がしたので間違いありません。そして、この二本の髪はこの形代を地中に埋めたと思われる日に、彼が指に怪我を負ったのを覚えています。

……おそらく陛下のもの。色と質が完全に一致していると、長年、陛下の御髪を整えてきた私が断言します」

「……」

淡々と語るハルシャーニの声を聞きながら、レグリウスの中で無邪気に笑うイリリアと、その笑顔の裏で暗くほくそ笑み、毒を仕込もうとしている邪悪な姿がせめぎ合う。

「嘘だ。あり得ない」

否定したかったのはハルシャーニの告発か、それとも自分の内に芽生えた疑念か。

「あのイリリアが、予を謀《たばか》ろうなどと…するわけが」

ないと否定する前に、ベルガーが割って入った。

「王よ、それこそが心を操られている証」

「な…んだと？」

「あの者をお側に置くようになってからの王は、あきらかにおかしくなられた」

「──どういう意味だ」

「自覚がないのが心底不思議でした。ご自分では演技だと仰られていたが、私の目にはそうは映りませんでした。王はあきらかに、あの者に魅入られていた」

図星を突かれた場所が、カッと燃え立ち熱くなる。弱い部分を庇うために、レグリウスは声を荒げた。

「無礼だぞ、ベルガー」

「無礼を承知で申し上げているのです。王よ、目をお覚ましください！」

かなり長い間、思っても口に出さず耐えてきたのか、ここぞとばかりにベルガーの声に力が込もる。レグリウスが反論する前に、脇からそっとハルシャーニが助け船を出した。

「ベルガー様、それは無理です。それこそが呪いなのですから」

「あ…ああ、そうだったな。……私も、その不気味な形代とやらに当てられたようだ」

短く苅られてろくにない前髪をかき上げる仕草をしながら、ベルガーがわずかに身を引く。レグリウスは拳をにぎりしめ、年上の側近兼近衛隊長をにらみつけた。

「そなたたちの…言い分は聞いた。次は〝王の伴侶〟の番だ」

言外にイリリアの居場所を探せと命じると、ベルガーとハルシャーニは目配せし合い、互いに小さく溜息を吐いた。その意味は問い質さなくても分かる。

『やはり王は、呪によって操られている』だ。

レグリウスはベルガーが造反したときに備えて用意していた、自分の命令にのみ服従する騎士たちに命じてイリリアの所在を秘かに探らせた。

最初に分かったことはレギスタンとロクスリーという騎士ふたりが、『王に危害を及ぼす怖れがあるから』というハルシャーニの説得を受け入れてイリリアを拘束、王城東翼の今は閉鎖されている一角へ連行したということ。そこから先は神殿の勢力下で、王権を発動しても立ち入ることは敵わず、詳しいことは分からない。夜になってもイリリアの所在は明らかにならず、取り返す術もないまま時間が過ぎた。

レグリウスの焦燥が頂点に達し、イリリアはもう生きていないかもしれないと、これまでの経験から覚悟を決めた夜半過ぎ、大神官カドーシャからの面会要請が届いた。

レグリウスは奥宮と南翼との境目にある非公式な謁見の間で、大神官の求めに応じた。

「陛下の探し物の件でまかりこしました」

一ヵ月以上、城を留守にしていた王よりも、こちらは何もかも事情を把握していると言いたげな大神官の態度に、レグリウスは腹の底から怒りを覚えつつ、表には露《つゆ》とも出さず目を細め、先をうながした。

「それで？」

「陛下が大切にしていた青い眼の白うさぎは、神殿が丁重にお預かりしております」

もったいぶった物言いに嫌気が差したのと、悠長に腹の探り合いをしながら相手の要求を推測する時間が惜しくて、単刀直入に斬りこんだ。こうしている間にも、イリリアが辛い目に遭っているかもしれないからだ。

「――何が望みだ？」

「ほ…、これはこれは。思った以上にご執心なご様子」

大神官は大物を釣り上げた素人漁師のように、満面に笑みを浮かべてうなずいた。

「陛下がそのおつもりなら話は早い。すでに近侍からお聞き及びかとは思いますが、神子には異端の呪術を用いて一国の王を害しようとした、疑いがかけられております」

これ以上、敵に餌を与えるつもりはない。レグリウスは鉄壁の無表情と無関心を装い、冷たく大神官を睥睨した。

「それで？」

「昔日より、王の暗殺を企む者への罰は同じ。死刑です」

レグリウスが無表情に先を促すと、カドーシャは微かに落胆した様子で続けた。

「陛下が、ファルバレン領の橋架《きょうか》事業を白紙に戻し、二度と神殿の港湾利権を脅かさないと誓ってくださるのなら、私どもは神子の犯した罪を公にはせず、陛下の名誉も傷つけず、適当な理由をつけて廃位するだけに留める用意があります」

「――……」

目的はそれかと、レグリウスは内心でカドーシャの頭を踏みつけて蹴飛ばしてやった。

神殿の領地ファルバレンには他国にも通じる重要な公路が通っている。にもかかわらず、公路を分断するトゥアラン河には何百年も橋が架かっていない。技術的に橋架は充分可能なのに、だ。理由は川の両岸に設置した神殿の港湾施設と渡河税、そこから上がる莫大な利益を神殿が独占し続けたいが故《ゆえ》である。レグリウスは昨年から、神殿の既得権益の中でも特に大きなこれを取り上げるため、独自に橋架計画を進めてきた。それが神殿側の怒りを買うのは百も承知で。なぜなら橋架が叶えば国庫だけでなく、何よりも民が潤うからだ。

「如何《いかが》か？」

こちらの反応を探るよう、カドーシャに重ねて問われたレグリウスは淡々と反論した。

「昔日より、本人の知らぬ間に罪を捏造《ねつぞう》され、冤罪によって命を奪われた者は星の数よりも多い。予は、そのように愚かな轍《てつ》は踏みたくない。本人の口から釈明なり自白なりを、この耳で聞かない限り、処刑執行書に署名するつもりはない。――代わりに大神官罷免書に署名する用意なら、いつでもあるが」

いざとなったらお前を罷免するぞと脅してやると、カドーシャはさすがに怯んで矛先を引いた。

「……承知いたしました。では、陛下のお望み通り、一なる神の名にかけて公正明大な裁きの場を設けることにいたしましょう」

♣　異端審問

神殿の地下牢は明るい色の砂岩で造られていた。

天井近くに小さな採光窓があり、そこから射し込む光が岩壁に反射して、昼間はかなり明るい。――地中深くにある牢の中にしては。それに乾いている。机や椅子を持ち込めば、下級神官の勉強部屋と言われても納得しそうだ。そのおかげで、イリリアの心は壊れずに済んだのかもしれない。

食事は日に二回。冷めてはいるけれど、腐りかけだったり黴が生えていることもなく、味や量に問題はない。牢内に置かれた便器は一日一回取り替えられる。五日に一度は沐浴用に水を張った盥が差し入れられるので、それなりに清潔を保っていられる。ただし服は投獄されたときのままで、新しいものは与えてもらえない。五日に一度の沐浴のとき一緒に洗って干すしかない。乾くまでの間は、薄い毛布にくるまって過ごす。

食事も盥も便器の交換も、やりとりは分厚い扉の下にある小さな小窓を通して行われるので、相手の姿は見えない。話しかけても返事をもらえたこともない。

一日、誰ともしゃべらずただ石壁を眺めて過ごし、夜は薄い毛布を巻きつけ、身を丸めて眠る。それが何日も続くうちに、これまでのことは全部、夢だったんじゃないかという気がしてきた。

自分はもうずっとこの地下牢に閉じ込められていて、王のことも、神子になったことも、庭で過ごした日々も全部、妄想に過ぎないと思えてくる。

牢の隅に転がっていた小石で壁に一日一本線を引きはじめ、それが十本を超えた日。ここに閉じ込められてから初めて、小窓ではない扉自体が開いた。

現れたのは、ここに連れて来られたとき自分を運んできたのと同じ、黒装束の男たち。イリリアは彼らによって後ろ手に縛られ、牢から引きずり出された。

裸足で、服も薄汚れたまま。前後左右を屈強な黒装束に囲まれて階段を登る。途中で、来たときとは逆に、黒装束から神殿兵に引き渡され、さらに歩き続けて、ようやくたどりついたのは見覚えのある重厚な大扉。その向こうは玉座の間だった。

王と一緒に、栄光に包まれて歩んだ場所に、今はみじめな罪人として立つ。

声を出せないよう口は幅広の革で覆われ、両手と両足首に重い鉄枷《てつかせ》を嵌《は》められた。そこから伸びる鎖を背後の神殿兵に握られた状態で、イリリアはようやく王と対面することができた。

——あ、よかった…。王さま、元気そう。

身体的な危機には陥っていないと、形替えの術のおかげで分かってはいても、やっぱり心配だった。だからとにかく元気な姿を見て安心した。

——うーん。元気とは少し違うかな。無表情だけど、本当はものすごく腹を立ててる。苛立ちと怒りの矛先を向けられているのは……ぼく？

どうしてと疑問を抱きかけ、ああそうかと納得する。

理由は分からないけど、ぼくが捕まったことで、きっと、たぶん、王さまの足を引っ張る状況になってるんだ…。

困ったな…とイリリアは周囲を見まわした。

広間の左右には傍聴席が設けられ、ずらりと並んだ見物人たちがひそひそとささやき合っている。ひとりひとりは小声でも、全員の分が重なると広間全体を満たす騒音になる。

前方には神殿各流派の大神官たちが、位階の順に整然と腰を下ろし、前方中央の玉座には王が座っていた。王は興味なさげに足を放り出し、肘掛けに左肘をつき、ゆるく丸めた拳でこめかみを支えている。

王さま…と心の中で語りかけたとき、前方で魔を祓《はら》うと言われる鐘の音が鳴り響いた。

人々のざわめきが急速に静まり、イリリアの罪を告発する異端審問がはじまった。

「イリリア・ハーシュなるこの者は、異端の妖術を用いて神殿神官たちを惑《まど》わし、神子候補になりすまして選定の場に入り込むと、まんまと王を誑《たぶら》かして神子の座を手に入れた。その後も妖術を駆使して王を籠絡《ろうらく》し、国と民を危険に陥れた大悪人である。そこで神殿はこの者に極刑を求めたい。これからお聞かせする証言を聞いていただき、証拠をご覧になり、国王陛下および陪審の方々には厳正なる判断を下していただくよう、お願い申し上げる。まずは証人をこれへ」

被告席に鎖で繋がれ、呆然と立ちすくむイリリアの前に、罪を告発する証人が次々と現れた。彼らは饒舌《じょうぜつ》に、ときには朴訥《ぼくとつ》を装い、イリリアには身に覚えのない証言をしてゆく。

「神殿の薬草園に来ると、いつも毒の材料となる草木ばかり選んで持ち帰りました」

「まるで血を飲んだあとのように、口のまわりを真っ赤に染めて歩いている姿を見たことがあります。ええ、確かあれは奥宮に近い東翼の大廊下でした」

「兎や鼬鼠《いたち》を縊《くび》り殺すのを確かにこの目で見ました。場所は城の畜舎です。あの方に間違いありません。薄気味悪く笑っていたので強烈に覚えています」

下級神官や城の使用人に混じって、顔と身分を隠したまま証言台に立つ貴婦人もいた。

「恥ずかしながら、好いた方の心を手に入れる呪《まじな》いを頼んだことがあります。こんな怖ろしい異端の邪神に仕えている方だとは思いもせず、イスリルの神子様が施してくださるのだから、きっと安全に違いないと。――効果？　言いにくいですけれど、ありました」

新たな証人が現れて、新たな証言が披露されるたび、部屋を埋め尽くす見物人たちの間からどよめきが上がり、イリリアを見る目が険しくなってゆく。

「嘘だ」と否定したいのに、口は最初から大きな革で覆われてしゃべることができない。

「うぅ」とか「むぅ」とかうめき声を上げ、首を横に振るのが精いっぱいだ。それも身ぶりが激しくなると、左右に立った兵士によって押さえつけられてしまう。

イリリアは途方に暮れて王を見た。王は椅子に深く背を預け、眠っているかのように瞑目したまま何も見ようとしていない。イリリアは王の斜め背後にひっそり控えるハルシャーニとベルガーを見た。彼らもまた、彫像のように立ち尽くし、イリリアのために弁護の声を上げる様子はない。

——どうして何も言ってくれないんだろう。あんなの嘘だって、みんななら知ってるはずなのに。ぼくは血なんか飲んでないし、うさぎやいたちも殺してない。あんな女の人には会ったこともないのに。

戸惑うイリリアをよそに長々と続いた証人喚問がようやく終わると、最初に出てきた厳つい男が、再びよく通る声を張り上げた。

「それでは最後に、証拠の品をご覧に入れましょう！」

男が手を上げると、仰々しい姿をした神官が、一なる神の聖句を無数に刻みつけた四角い盆を捧げ持ち、静かに入室してきた。神官が身にまとう長衣の刺繍も、盆に刻まれた聖句も、すべて邪を退けると言われる護符の働きをするものだ。

その意味を見分けた前列の人々が最初にざわめき、次々とうしろへ伝播してゆく。

「ご覧下さい！　これこそが、イリリア・ハーシュが怖ろしい呪いを行った動かぬ証拠」

見証人たちに向かって高く掲げられ盆の上には、イリリアが庭に埋めた形代が、無残に解体された姿で横たわっていた。

「……！」

イリリアは思わず身を乗り出して、ばらばらになってしまった形代を見た。

――どうしよう！　あんふうにされたら術が…解けてしまう！

どうしよう…と意識を集中したとたん、目の前を陽炎で覆われたように視界が歪んだ。

眠りと現の狭間のように手足の感覚が消え失せて、代わりに普段は目に映らないものが見えてくる。自分の胸から金糸で編んだような細い鎖が漂い出て、王の胸に吸い込まれているのが見えた。

――…あ、大丈夫だ。まだつながってる。

けれど鎖はとても細い。あと少しでも衝撃を与えたら脆《もろ》く崩れ去ってしまいそうなほど。

ほっとしながら、細い鎖をなんとか保つ方法を探ろうとしたイリリアの目に、そのときようやく、驚愕に目を見開いた王の顔が飛び込んできた。

「う…」

自分が発した小声とともに、不思議な陽炎が消え失せて周囲の喧騒が戻ってくる。

「証拠を見て動揺したぞ！」

「あの表情を見たか？　怖ろしい、何を企んでいるか分からないな」

「やはり邪教の呪術使いだったんだ！」

まわりの声には耳を貸さず、イリリアは王を見た。王もイリリアを見ている。けれど、その瞳には以前のような甘やかさは欠片《かけら》もない。

人の心が猜疑から確信に変わる瞬間を、イリリアは初めて知った。王の表情と瞳の揺れ、そして身にまとう光の色の変化で。

――王…さま？

ちがうんですと言いかけた瞬間、自分と王を繋いでいる術の鎖が儚く揺れるのを感じる。誤解を解きたくても、これ以上何か一言でも説明しようとすれば、術が解けてしまう。

「……っ」

だめ…、言えない。

王とつながる細い絆を庇うように、イリリアは一度深くうつむいて唇を噛み、顔を上げた。

その仕草すら怪しいと思われたのか、王の表情があからさまな嫌悪で歪む。心の中で吹き荒れる驚愕と怒りが滲み出たように、身にまとう金の光に鮮やかな閃光が混じる。

「う…」

誰か、自分の代わりに誤解を解いて欲しい。ぼくは王さまを呪ったりしていない。術はかけたけど、呪いじゃない。操ってもいない。呪殺なんて企むわけがない。

イリリアは救いを求めてハルシャーニを見た。けれどハルシャーニはイリリアの潔白を証明するどころか、逆に、形代に染みついた血はイリリアのもので間違いないと証言し、挑むような鋭い瞳で睨んできた。彼の身体の周囲には、深く濃い緑色がたゆたっている。王を護りたい、その一心が現れた色。そこに今は、火で焙ったような血の色が混じっている。

――ぼくに対して怒ってる…？

そう。ハルシャーニも誤解している。イリリアが王を呪ったと思い込んで。

神子になってから、誰よりも長く一緒に過ごしたハルシャーニにすら信じてもらえず、大切な主君を陥れようとした敵として恨まれてしまった。こんな自分のために弁護してくれる人なんて、他に誰がいる？

イリリアはベルガーを見た。しかし、ベルガーもまたハルシャーニと同じ、イリリアを敵だと見なした冷たい目で見返してくる。そこには『我が王に仇為《あだな》す者は、何人たりとも許さない』という強い意思が表れていた。

自分を弁護してくれる者は誰もない。自分が立っていたのは強固な大地ではなく、薄い氷の上だったらしい。気がついたときには脆く割れて、冷たい水底に落ちていくだけ。

その事実を噛みしめたイリリアの前で、異端審問が佳境に達した。

「では、陛下。厳正なるご判断をお願いいたします」

王は煮え立つ怒りを意思の力で押さえつけ、なんとか保っているような無表情でイリリアを見すえると、ゆっくりと椅子から立ち上がった。

「——決を下す前に、ひとつ訊ねたいことがある」

「なんなりと」

「そなたではない。イリリアだ」

ざわり…と見証人たちがさざめいた。ぐっと息を飲んだ法官が合図を出すと、イリリアの口を覆っていた猿轡がようやく外される。一緒に腕の拘束も、後ろから前に変えてもらえてほっと息を吐き、強張った口元に手をやって解すイリリアを、王は炎を封じ込めた氷のような瞳で睨みながら、ゆっくり玉座を下りて近づいてくる。

「イリリア、あの人形《ひとがた》はそなたが埋めたのか？」

うなずくことも、理由を説明することもできない。

「そなたが予に呪いをかけたというのは真か？」

違うと否定したくても、鎖が切れそうで息すらひそめてしまう。

「その呪いが、予の心を惑わし、操るものだというのは真か？」

ちがいますと、心の中で言い募って唇を噛みしめる。

「答えろッ!!」

腕を伸ばしてもぎりぎり届かない距離に立った王の、灼き尽くすような苛烈な瞳と声で射貫かれて、イリリアはよろめいた。嵐のように吹きつける王の怒りと悲哀が痛い。

「……っ」

萱《カヤ》の葉で全身を擦られたような、ひりつく痛みに耐えながら目を閉じて歯を食いしばった瞬間、落胆とあきらめと自嘲にまみれた王の言葉が突き刺さった。

「裏切り者めが…ッ」

声はささやきよりも小さかった。おそらく聞こえたのはイリリアと、両脇に控えた兵士たちだけだっただろう。

「予の尋問は以上だ」

イリリアに背を向けてぞんざいに言い放った王の言葉で、広間に再びざわめきが戻る。

そのあと、イリリアが犯した罪——ほとんどが捏造——を読み上げられ、罪に見合う罰は火炙りか磔刑《たっけい》か斬首であると説明されるのを、イリリアはぼんやりと聞くしかなかった。途中でどうしても訂正したいことがあったけれど、何か言おうとするたびに、脇の兵士に首筋と口を押さえられてできなかった。

「それでは最後に、被告人の自己弁護を聞きましょう。イリリア・ハーシュ、何か言いたいことがあるなら述べよ」

　ようやく自由な発言を許されたイリリアは、心底ほっとして口を開いた。この誤解だけは、王の名誉のためにどうしても解いておかなければ。

「あの…、王さまがぼくに惑わされたというのは、誤解です」

　痺れた唇を一生懸命動かしてはっきり言いきると、周囲がひどくざわついた。黙れとか、この期に及んでとか、罵倒めいた声が降りそそぎ、まるで石礫《いしつぶて》を投げつけられたように心も身体も痛んだけれど、歯を食いしばって話を続ける。

「王さまがぼくにやさしくしてくれたり、気にかけてくれたのは、術で惑わしたとか惑わされたんじゃなくて、演技です。王さまは単に演技で、ぼくにやさしいふりをしてただけです」

　その発言を聞き、玉座の間を埋め尽くす人々の中で一番驚いたのは、王その人だった。

「な…んだと？」

　尋問のあと椅子の背に深くもたれて荒んだ目をしていた王が、聞き捨てならないと言いたげに身を起こす。そのまま前のめりになりかけたところで気づいたらしい。意識して椅子に座り直しながら、斬るように鋭い視線でイリリアを睨みつけた。

「予が、そなたに示した温情が、すべて演技だとそなたは言うのか？」

　イリリアは「あれ？」と首をひねった。このことについて、どうして王さまが怒り出したのか分からない。それから少し考えて、ああそうかと気がつく。さっきの言い方だと、王さまを悪者にしようとしているみたいだからだ。ちゃんと言い直さなきゃ。

「…はい、そうです。王さまがぼくにやさしくしてくれたのは、ぼくに利用価値があったからで、それは国と民のためを思ってしたことだから、正しいことだと思います。ぼくが言いたいのは、王さまの態度がもし前と変わって見えたなら、それは演技で、ふりだから、ぼくに操られたせいじゃないってことです」

今や異端の妖術使い、極悪非道な罪人として極刑に処されようとしているイリアに、王が惑わされたなどと思われたら大変だ。王の名誉が傷つく。この誤解だけはなんとしてでも解いておかなければ。

みんなにも言いたいことは伝わっただろうかと、周囲をぐるりと見まわしてから視線を戻すと、王はさっきよりもさらに険しく鋭い眼差しでこちらを見ていた。表面は冷静さを保っていたけれど、肘掛けをにぎりしめた指が白くなっている。それを見れば、内心どれだけ動揺し、怒りに満ちているかが分かる。

王は軽く手を上げて人々のざわめきを沈め、静まり返った中で口を開いた。

「――いつから、それを？　なぜ」

知っているのかと問う声には、驚きと困惑が入り交じっている。たぶん、自分にしか感じ取れないくらいかすかにだけど。

「ええと、あの…、庭で、ベルガーさんと話しているのを偶然、聞いてしまって…」

王の瞳が今度こそ驚愕で見開かれる。

「知っていたのか、ずっと」

王の声は少し震えていた。それに答えるイリリアの声に迷いはない。

「はい」

「知っていて、なぜ――」

声はそこで途切れだ。だからそれ以上、王が何を言おうとしたかは分からない。

分からないまま、イリリアには火炙りの刑が下された。

♣ 追放

死刑宣告を受けた玉座の間から砂岩の地下牢に連れ戻され、次に牢から連れ出されたとき、イリリアは、これから火炙りになるのだと覚悟を決めた。

しかし。細くて薄暗い通路を連れまわされ、ようやくたどりついたのは人気のない小さな裏門の前。そこでしばらく待っていると宣告書を手にした法官が現れた。法官はもったいぶった態度で宣告書を広げ、イリリアと左右の神殿兵に向かってぼそぼそと告げた。

「国王陛下の格別な計らいにより、イリリア・ハーシュは刑一等を減じられ、追放刑に処すこととなった。追放先はウルヌの荒野。期間は十年。期間内に禁を破って戻った場合は死刑とする。以上」

ウルヌの荒野は別名『死の砂漠』と呼ばれる過酷な場所だ。そこに置き去りにされ、ひとりで生き延びた者はほとんどいない。名目は追放だが、実質は死刑と変わらない。

それでも、万民の前で火刑に処されるよりはましなのか。イリリアはぎりぎりのところで、生き延びる可能性を探ってくれた王の配慮に感謝した。

目隠しをされ、粗末な馬車に押し込まれて二昼夜。ときどきわずかな休憩を取るときも、目隠しは外してもらえなかった。途中で一度、監視役らしい兵士たちが諍いを起こした他は、特に目立った問題もなく、ひたすらゴトゴト揺られて過ごした。

兵士同士の諍いは進む道に関してのもので、当初の予定は左なのに、上官らしき兵士が右へ行けと言い張って少し揉めた。部下の兵士はしきりにブツブツ言っていたけれど、言葉の意味はあまり頭に入ってこなかった。彼らが揉めた理由が分かったのは、馬車から馬に乗り換えて、そこからさらに一日進んだ先で地面に下ろされ、目隠しを外されたとき。

イリリアの目の前に広がっていたのは、追放刑を言い渡されたときに予告された『死の砂漠』ではなく、緑豊かな森だったからだ。

「あの…」

振り返って兵士たちにここはどこかと訊ねようとしたとたん、背中をドンと押されて叢に転がる。起き上がると、すでに兵士たちの姿は跡形もなく消えていた。背中を押されたとき、後ろ手で縛られていた縄を切ってくれたらしく、両手は自由になっている。

イリリアは土と草汁で汚れた自分の手を見つめ、周囲の木々を見つめ、空を見上げた。

「王さま…？」

準備もなく足を踏み入れれば十中八九命を落とすと言われる『死の砂漠』ではなく、豊かな森に追放場所を変えてくれたのは王さまだろうか。

「…きっとそうだね。本当は死刑だったところを追放刑にしてくれたのも王さまだし」

森でなら、独りでもイリリアが生き延びるだろうと考えて、手をまわしてくれたに違いない。

「王さま、やっぱりやさしいなぁ」

ぼくのこと裏切者だって、あんなに怒ってたのに。静かに深く、ぼくが裏切ったと思い込んで怒っていた。悲しんでいた。傷ついていたのに。

「ごめんなさい…」

でも、どうしても、本当のことを言うわけにはいかなかった。王さまに憎まれても嫌われても。ぼくは王さまを守りたい。

「だから生き延びる。ぼくが生きている限り、王さまは無事だって分かるから」

今となってはそれだけが、大好きな人と繋がる唯一の絆だ。

イリリアは気合いを入れて「よし！」と声を出し、茂みを掻き分けて森に入った。

夏から秋へ。

薄い長衣一枚という、着の身着のまま身ひとつで森に放り出されたイリリアは、幼い頃母とともに放浪した記憶を頼りに、森でしたたかに生き抜いた。

一日の大半は食糧集めと、沓《くつ》を作ったり、いざというときのための防寒具作りに費やした。はじめの頃は人里を探して森を出ようとしたけれど、外はどこまでも見わたす限り、わずかな草と砂礫《されき》で埋め尽くされた荒野だった。イリリアは森に戻って移動しながら時々森の外に出て人煙を探し、何も見つけられず森に戻るという暮らしを続けていた。

火を熾《おこ》し、川を見つければ魚を獲り、野草と木の実で腹は充分に膨れる。木の皮を剝いで作った沓や蓑虫《みのむし》みたいな上着も、慣れてしまえば快適だ。母と一緒に閉じ込められていた、あの地下牢のことを思えば天国のよう。もちろん王の庭には敵わないけれど。

秋までは森の恵みでなんとかなっても、冬を独りで越せる自信はない。

自分のためではなく、王のために生き延びたい。生きて生きて、いつか王の災いを身代わりに受けて死ぬのが、今の自分にとって一番の幸せだ。

「王さま、元気にしてるかな？」

森できれいな緑へビを見つけると、王の庭で過ごした幸福な時を思い出す。短く儚い夢のような記憶。二度と取り戻せないと分かっているから、よけいに輝きを増して目の奥がチカチカする。まばたきをすると涙がこぼれた。

唯一の慰めは森に入って一月ほど経った頃、突然現れたレグルス二世の存在だ。

「どうしたの、おまえも庭を追い出されたの？」

それとも枝や茂みを切り払われ、草木も刈られて住みづらくなって逃げてきたのか。

「ピッキュル」

無邪気に囀ってイリリアにじゃれつくレグルス二世と再会を喜び、そのまま一緒に過ごすようになった。レグルスはとても良い話し相手になってくれた。意図して覚えさせた言葉だけでなく、イリリアが何気なくつぶやく独り言もよく覚えた。その代わり、「イリリア」と呼ぶ声真似は、次第に薄れて曖昧になってしまったけれど。

「ピィ…リァ」

王の名残が失われていくことが悲しくて、鳥と同じ色の空を仰ぎ、それから自分の胸を見つめる。

金色の細い鎖はまだ切れていない。まだ繋がっている。王に何かあればすぐに分かる。術がつないだ絆のおかげか、眠ると毎晩夢を見た。王と一緒にあの庭で笑っている夢。黒と青、両方のレグルスがいて、自分は王に抱きしめられて微笑んでいる。そして王も、イリリアの手で髪を梳かれて安らいでいる。おだやかで満ち足りた日々。

幻だ。永遠に叶うことのない夢。

目を覚ますたび涙を流している自分がおかしくて、笑いながら泣くことが多くなった。

森に入ってから初めて焚き火のものらしい煙を見つけたのは、ひと雨ごとに葉の色が赤や黄色に変わり、朝晩の冷え込みが強くなりつつある日のことだった。

二日前からレグルスの姿が見えなくなり、心配で頻繁に空を見上げるうちに気がついた。

「山火事…？」

ちがう。昨日雨が降ったばかりで森は湿っている。雷が落ちたわけでもないから、自然に火が熾るとは思えない。

「……人？」

その可能性に思い至る前に、イリリアの足は自然に動き出していた。

秋が終われば冬になる。どこかに集落か、冬越えできる場所があるなら教えて欲しい。

煙を目指して浅い谷と低い尾根をいくつか越え、日が傾いて暗くなってきたところで見失う。それでもなんとか先へ進もうとしたものの、暗くなる中、目印がなくては難しい。

「仕方ないや。明日また探してみよう」

気を取り直して、その日はそこで眠ることにした。

まずは常緑の厚い梢が屋根になる大木の根元に寝床を作る。湿った枯葉をどけて細い木の枝を折り重ね、その上に木の皮の繊維を編んで作った上着兼布団を敷けば完成だ。夕食は小さな竈《かまど》を作って火を焚き、竈の上に渡した石皿で木の実を炒《い》り、谷川で獲った魚を焼いて食べた。

翌朝。昨日の煙の主がこちらの焚き火に気づいて、訪ねてくれたりしないだろうかという儚い期待は見事に外れ、レグルスが戻ってくる気配もないまま、いつもと同じ一日がはじまった。

とりあえず昨日煙が上がった場所を目指して半日歩き、これといって何も見つけられず来た道を引き返す途中。突然なんの前触れもなく、背中を叩き割られるような強い衝撃を受けて、大地に倒れ伏した。

「…ッ――」

鈍器で殴られたのか剣で斬りつけられたのか、よく分からない。痛みというより息ができない苦しさが先にきた。背中全体が痺れて、木の板にでもなったような気がする。声も出ない最初の衝撃が過ぎると、目を開け、音を聞く余裕がわずかに生まれた。聞こえてくるのは自分の荒い呼吸の音だけ。枯葉を踏み分けて走り去る足音も、逆に、止めを刺そうと迫ってくる音も気配もない。

イリリアはなんとか頭が動く範囲であたりを見まわし、特に背後に人影も獣の姿もないことを確認すると、ようやく自分の身に何が起きたのか理解した。

「ああ…」

――…そうか。王さまが、誰かに襲われたんだ。

その災いを、自分はちゃんと受けることができた。

「よか…った……」

目に映る景色は、夕方でもないのにどんどん暗くなってゆく。なんとか目線を下げて、自分の胸元を覗き見ると、か細い金の鎖はまだ繋がっていた。

「……よ…かっ…」

けれど今にも切れそうだ。たぶん自分の命が尽きたとき、この鎖も切れるのだろう。

それでもいい。だって今はまだ繋がっている。大好きな王さまと。

誰よりも何よりも大切な、ぼくの王さまと…。

視界が完全に闇に飲み込まれる前に、イリリアは目を閉じた。

死に至る眠りは、まるで温かな王の胸に抱かれるような、安らぎと喜びに満ちていた。

♣ 孤独の庭

「王さま」と、懐かしい声で呼ばれた気がしてレグリウスは目を覚ました。

「……リア？」

窓のない暗い寝室の天井を見上げ、寝台の左右を確認して、深く息を吐く。

向かいの壁際に置いた水時計が差し示す時刻は、まだ夜明け前。

寝不足でかすかに痛む両目を押さえながら身を起こし、夏物の上着を羽織って寝室を出る。前室で仮眠を取っていたベルガーは、レグリウスが扉に手をかけると同時に起き上がり、前を横切るときには剣を携え立ち上がっていた。そのままついて来ようとしたので、

「庭に出るだけだ」

言外について来るなと言い置いて居間へ行き、庭へと続く硝子扉を押し開けた。

秋の訪れを思わせる澄んだ朝の微風と一緒に、勢いよく繁茂した夏草と、花と果樹の匂いが鼻腔《びくう》をくすぐる。

レグリウスはしばらく軒下の露台に佇み、明けゆく朝の庭をながめた。

東の空が紺から黄色みを帯びた青に変わると、黒と濃紺の陰影だけだった庭樹や草花の輪郭が、次第に色を取り戻してゆく。梢で鳥がいっせいに囀りはじめる。やがて空が明るくなると、レグリウスは裸足のまま庭に下りた。

伸び放題の芝生に降りた朝露が、寝衣と上着の裾を濡らすのも気にせず、肩近くまで伸びた草をかき分けて進むと白い四阿が現れる。かつてそこを〝巣〟にしていた少年の痕跡は何一つない。レグリウスが気づく前に、ハルシャーニがすべてを片づけ処分したからだ。

何度ここを見に来ても、自分が望むものがあるわけではない。そんなことは分かっているのに、毎朝確かめずにはいられない。

「……」

もう一度大きく息を吐いて、四阿に設えられた石造りの長椅子に腰を下ろす。

晩夏の朝陽が射し込みはじめた庭は、命を謳歌するように輝いていた。草木は野放図に生い茂り、虫や小動物が我が物顔で棲みついている。

イリリアがいなくなったあと、彼が使っていた衣服や食器や小物、苗から育てて収穫した薬草の類《たぐい》まで、すべて跡形無くハルシャーニが処分したように、イリリアが庭に植えた野菜や花や薬草も、ベルガーがすべて刈り取るよう部下に指示を出した。

それを止めさせたのは、自分だ。

「なぜ止めるのですか」

ベルガーに問われても答えられなかった。教えて欲しいのは自分の方だ。

なぜ、予を裏切ったのか。

そしてなぜ、自分は裏切り者のことを忘れられないのか。

なぜ、毎晩夢に出てくるのか。

答が得られる機会は永遠にない。答を知っている者はもういないのだから。

これまで何度も、多くの人間に裏切られてきた。それなのに、自分を裏切った人間に対して、こんなにも割り切れない想いが残ったのは初めてだ。

恨んで憎んで、復讐を誓う方がどんなに楽か。イリリアのことも、これまで自分を裏切ってきた者たちのように、一片の同情も忖度《そんたく》もなく、ただ切り捨てて二度と振り返らず、忘れ果ててしまえると思っていた。

今まではそうしてきた。そのことに疑問を感じたこともなかった。

表面上のわずかなやりとりならともかく、親しく接していれば相手の本音くらい読み取れる。人の真意を見抜くという王の資質に対して、これほど自信が揺らいだのも初めてだ。

――イリリア、そなたは本当に予を裏切ったのか？　最初から誑かすつもりで近づいたのか？　無邪気な笑みも無垢な涙も、命をかけて予を守ると言ったあの言葉も、全部嘘だったのか？　それならばなぜ、予を庇うようなことを言ったのだ。

『――王さまがぼくにやさしくしてくれたり、気にかけてくれたのは、術で惑わしたとか惑わされたんじゃなくて、演技です』

『知っていたのか、ずっと』

『はい』

「……くそっ」

あの日、最後に聞いたイリリアの声が、いつまでも耳に残って離れない。

すべてをあきらめ受け入れたように、薄く微笑んで『はい』と答えたあの声が。

「……どうして」

レグリウスは膝に肘をついて両手で顔を覆いうつむいた。

人は、演技でやさしくされていると知りながら、あれほど無邪気に喜べるものなのか？

「分からない…」

——イリリアは予が何をしても嬉しそうに笑っていた。髪を撫でると幸せそうな顔で予を見上げ、お返しだと言って予の髪に指を絡めた。そして予は、それを心地良いと感じていた。……利用するつもりが利用され、ベルガーやハルシャーニが言うのように、予は騙されていただけなのか。

「そうだ」と断じる冷徹な自分がいる。あれは魔物のように狡猾《こうかつ》な妖術使い。赤子のような無垢さを装って王の心を操ろうとした。それで納得しようとするたびに「違う」と叫ぶ声が聞こえる。それが自分のものかイリリアのものなのかすら、もう分からない。

梢の間から射し込む朝陽のまぶしさに、手のひらで目元を覆って唇を噛む。

「陛下…」

そろそろ時間ですと、背後から遠慮がちにかけられたベルガーの声に、振り返らず手だけ下ろして顔を上げたとき、目の前を茶灰色の尾長鳥が横切った。

「鳥…」

そういえば、イリリアが可愛がっていた青鳥も最近すっかり姿を見せなくなった。主を探してどこかへ飛び去ってしまったのか。

——羽根があるなら、自分も飛んで行きたい。

どこへ？　と問う自分の心の声に、レグリウスは苦い唾を飲み込んだ。

王の矜持にかけて、くだらない問いの答を認めるわけにはいかない。

レグリウスは拳をにぎりしめて瞑目した。そして目を開け踵を返し、庭に背を向けたときには、冷徹な王の顔を取り戻していた。


秋の陽は短い。

イリリアが追放刑に処されてから半年が過ぎた。騒がしい子どもと鳥がいなくなった庭には、茶色く枯れた草木だけが亡霊のように風に揺られ、寂寞の色を濃くしている。

レグリウスは庭先の露台に立ち尽くし、暮れゆく空の色をぼんやり眺めていた。どれくらいそうしていただろう。ふいに、庭の奥から自分を呼ぶ声が聞こえて息を飲む。

「おうさま！」

「……イ…リリア？」

嘘だ。そんなわけはない。

頭では冷静に判断を下せるのに、心と身体が勝手に動く。気づいたときには、寒さで黄灰色に変わった芝地に下りていた。五歩ほど遅れてベルガーが後を追いながら「陛下」と注意を促してきたが、無視して進む。足に絡まる下草を力任せに引き千切り、立ち枯れた草を掻き分けてどんどん奥へ。

早くしないと、声の主が消えてしまうかもしれない。だから止めるな。

「おう、さま」

声はさっきよりずっと近い。すぐそこにいる。

「イリリア！」

邪魔な草木を掻き分けると、庭の奥に生えている果樹林が現れた。葉を落とし赤い実だけが残る枝の上で、声の主がもう一度「おうさま！」と鳴いた。

「――…レグルス」

そのとき味わった失望と、こみ上げた感情を、どう言い表せばいいのだろう。

時が止まり、自分が木石でできた彫像にでもなったような気がした。間抜けな道化師でも、ここまで見事に期待は裏切れまい。

「おぅ、さま？」

動きを止めて項垂《うなだ》れたレグリウスを、新しい止まり木だとでも思ったのか、夏の間一度も姿を見せなかった青鳥が、妙に慣れた様子ですっと舞い降り、肩に留まった。そうして「ピィキュル、キュイ」と囀る合間に、イリリアの声真似をする。

「お…さま――…すき、だぃすき！」

「止めろ、馬鹿者」

亡霊を呼び覚ますな。叱りつけた声は弱い。止めろと言いながら、もう一度聞きたいと思う。鳥の声真似などではなく、本物の声を。裏切り者の声を。王の心をこんなにも掻き乱す妖術使いの声を。

「止めろ」

肩から追い払おうと上げた左腕に、青鳥はまるでからかうように飛び乗った。そして「キュルル」と囀り、まるで餌を見つけたようにレグリウスの腕を服の上からついばんだ。

「ッ…」

今度は本気で振り払おうと、空いた右腕を上げたとき、ふっと何かが脳裏に過ぎった。大切なことなのに、これまですっかり忘れていた。

「腕の」

傷…と言いかけた瞬間、背後でザッと影が動いた。目で見たわけではないのに見えたと思うほど、ありありと殺気を感じた。

次の瞬間、背中を叩き斬られた。右上から左下へ斜めに。

刃が背に触れるほんの一瞬前、とっさに体重を移動して前に半歩踏み出していなかったら、即死していただろう。それくらい手練《てだ》れの一斬《いちざん》だった。

「陛下ッ!!」

斬られた衝撃で前に倒れ、身体が地面に叩きつけられるまでの間に、矢のように飛び出たベルガーによって、暗殺者もまた叩き斬られた。

地面に突っ伏したレグリウスの隣、少し離れた場所に暗殺者の身体も崩れ落ちた。腰から上と下という、二つに分かれた無残な姿で。

「陛下！　大丈夫です。私が助けます！　命に替えても助けます!!　だから気をしっかり持って、生き延びると強く念じて…！」

命に替えて…か。同じ台詞をどこかで聞いたな。予に向かって最初にそう言った子どもは、予を裏切って目の前から消え果てたがな…と、皮肉な笑いを浮かべながら目を開けると、意外なことに視界ははっきりしていた。呼吸も楽にできる。力を入れると自力で起き上がることもできた。

「ベルガー」

変だぞと、両手に力を入れて拳を作りながら、自分を抱え起こそうとしていた年長の側近兼近衛隊長を見ると、彼もまた己の手のひらとレグリウスの顔を見くらべて目を瞠り、信じられないとささやいた。

「陛下…、血が」

「うん？」

「血が出ていません」

「…そうか」

服はばっくり切れているのか、背中に触れて傷を確認しているベルガーの、手のひらの硬さを直接、肌で感じる。

「傷も…、傷も見当たりません」

「――そうか」

「確かに斬られたと、この目ではっきり見たはずなのに」

「予も、確実に斬られたと思った。刃がふれた瞬間の衝撃を感じたからな」

そんなことがあるのかと、呆然とつぶやくベルガーの肩を借りて立ち上がった。

「鳥は」

無事かと見まわすと、少し離れた場所にある果樹の高い枝の上で、気を落ち着けるように羽繕いしていた。その小さな青い姿が見えてほっとする。ほっとしたと自覚してから、苦笑した。

――予が、あんな鳥一匹を心配するようになるとは。

乱れた前髪を掻き上げて、服についた土と枯れ草を払うレグリウスのまわりに、ベルガーの悲鳴を聞いて即座に駆けつけた近衛騎士たちが整然と立ち並ぶ。彼らはそのまま、主君を囲む輪を描いて鉄壁の守護態勢に入る者と、さらなる侵入者がいないか庭を探索をする者、そして暗殺者の遺体を処理する者に別れて、きびきびと動きはじめた。

運び出された遺体から少し離れた茂みの中に、自分を斬りつけた剣が突き刺さっているのを見て、レグリウスは何気なく近づいた。

王の意図を察した騎士のひとりが、先に剣を手に取り、危険がないか確認してから恭《うやうや》しく差し出す。それを受けとった瞬間、違和感を覚えた。

「ベルガー！」

「はい」

「これを見ろ」

刃がよく見えるよう剣を差し出すと、ベルガーもそのおかしさに気づいたようだ。

「血が、ついています」

「そうだ」

「いったい…誰の血ですか」

暗殺者本人のものではない。それは暗殺者を斬ったベルガー自身がよく分かっている。

「それは予が訊きたい」

ベルガーと血糊のついた刃を交互に見ながら、手を伸ばして刃先に触れる。

指先と血が触れ合った瞬間、梢のどこかで青鳥が「イリーア…！」と鳴いた。

それが答だ。

真実は、鳥の声を通した天啓としてもたらされた。

「まさか…」とつぶやくレグリウスの頭の中で急速に、これまでバラバラだった小片が次々とあるべき場所に嵌って、ひとつの絵を描きはじめる。

レグリウスは半年前のロンサール国境遠征で、左腕に受けたはずなのに消えてしまった矢傷の場所を撫でた。それから背中に腕を伸ばし、確かに斬られたと思ったのにまたしても消えてしまった場所に触れる。

「イリリアの、呪《まじな》いだ…」

他に誰がこんなことをする。

イリリアはレグリウスが負うはずだった矢傷を、まるで身代わりのように同じ左腕に負った。襲撃者も射矢の痕跡もない場所で。さらに思い返せば、あのゲルマニカの毒だ。あの時レグリウスが急速に回復したのと入れ替わるように、イリリアは体調を崩した。それが「ように」ではなく、「まさに入れ替わって」いたとしたら――。すべて納得がいく。

そして今、レグリウスは瀕死の重傷を負ったはずだった。けれど傷は忽然《こつぜん》と消えた。

暗殺者の刃に、王の代わりに傷を負った少年の、わずかな血糊だけを残して。

レグリウスはまっすぐ顔を上げてベルガーを見た。そして誰にも逆らうことのできない命令を下した。

「勅命である。今すぐイリリアの捜索を開始せよ。――今、すぐにだ」

その日の内に捜索隊の第一陣が編成され、出発することになった。

第一陣の役割は、イリリアが森に置き去りにされた場所を確認するとともに、そこからの移動経路を想定して、第二陣以降に必要な装備や糧食の規模を報せることだ。報告のやりとりには使い鳥を使用する。

山狩りに必要なのは人海戦術だ。兵士と、兵士と自分の糧食を運ぶ馬、長期の行軍に耐える装備を運ぶ荷車。踏破しなければならない荒れ地と、その奥に広がる広大な森を相手に、どうすれば効率的に行方不明者を見つけ出せるか。

レグリウスは執務室の机に広げた地図をにらみつけながら、あらゆる可能性とその対処方法を考えてゆく。その頭上を、時折り青いレグルスが「ピルル」と囀りながら行き来している。王が何も言わないので、室内にいる他の騎士や部隊長、大臣たちも無視せざるを得ない。

部屋の中を飛び飽きたのか、レグルスは軽やかに王の肩に舞い降りると、我が者顔で羽繕いをはじめた。そうして時折り「ぉうさま」とか「げんきか、なぁ」などとイリリアの声真似をする。

レグリウスは地図と頭の中の捜索計画に集中して、脳天気な青鳥の声真似は聞き流していた。そちらに意識を向けると、不安と焦燥で冷静さを保てなくなるからだ。

しかし。レグルスの声真似に「さかな、ぉいしぃ」「ぬの、がほしぃね」「あいたいなぁ、おぅさま、に」などと、以前は聞いたことのない単語が並ぶことに気づいて、静かに顔を上げ、肩に留まる鳥を見た。

「レグルス」

「ピルッ?」

「おまえ、イリリアの居場所を知っているのか?」

「キュルル」

「夏の間、庭に姿を見せなかったのは、森でイリリアと一緒にいたからか?」

まるで言葉が通じているように、レグルスは羽根を広げて誇らしげに囀った。

「ピキュィ!」

レグリウスは一瞬だけ天を仰いで目を閉じてから、すぐに視線を机を囲んで地図と王と鳥を見くらべている人々に戻した。彼らの表情や瞳を見れば、考えていることは分かる。

『まさか本気で鳥の言うことを信じるのですか?』

無言の問いにうなずいて、レグリウスは宣言した。

「出立するぞ。我が伴侶の居場所はこの鳥が知っている」

♣　幸福の青い鳥

「イリリア」とやさしい声で呼ばれた気がして、まぶたを上げようとした。けれどなかなかうまくいかずに戸惑う。苦労して少しだけ開けると、視界は曇りの日の夕暮れみたいに暗い。目に映るものが何なのか、よく分からない。

何度か瞬きをして、ようやく自分が寝床らしき場所に、うつ伏せに寝かされていることだけは理解できた。

——どこだろう、ここ。喉が渇いた。ぼく、生きてる…？

そこまで考えて、ふと大切なことを思い出す。まぶたを開けるときよりもさらに苦労して、なんとか自分の胸元を覗き込むと、金色の、鎖ではなく細い糸のようなものが陽炎《かげろう》のように漂い出て、ふわりと揺れながら視界の端へ消えてゆくのが見えた。

——すごい…。ぼくってば、ちゃんと生きてるし、まだ王さまと…繋がってる。

己の強運を自賛しながら笑みを浮かべ、少し長めに息を吐くと再びまぶたが重くなり、深い眠りの淵に滑り落ちそうになった。そのとき。

「おい！　目を覚ましたのか？　しっかりしろ」

野太いしゃがれ声が降ってきて、ヒクリと意識が戻る。

「よく気がついたな。よしほら、湯を飲め。少しずつな」

顔の見えない、たぶん四十絡みの男のものらしき毛むくじゃらの腕が目の前を横切り、顔を横に向けられ、自然に開いた唇に温かな湯が注ぎ込まれた。数滴ずつ。ゆっくりと。ずいぶん時間をかけて満足するまで喉を潤してもらい、ありがとうと、ほとんど声にならない礼を言うと、顔を横に向けていても辛くないよう頭の下にやわらかく丸めた布――多少ほこりっぽくて土と炭の匂いが入り交じっていたけれど――をあてがってもらい、ようやくひと心地ついた。

「大丈夫か？」

眠る幼子の顔を覗き込む父親のように、イリリアの視界に入るよう身を屈めて覗き込んできたのは、声から想像したとおり四十絡みの男だった。顔の三分の二がもじゃもじゃの髭に覆われていて、そこに木くずが絡みついている。瞳の色はたぶんやさしい灰色。

「はい」と、やっぱりろくに声が出ない返事をすると、男は目を細め、よしよしとイリリアの頭を撫でてくれた。

「眠いかもしれんが、俺と少し話をしよう」

「…はい」

男はイリリアの顔が見やすいよう、となりに寝そべって肘杖をついた。

「あんたの名は？」

「イリリア」

「女の名だな。だがおまえさんは男だ。兄貴が五人くらいいる家に生まれたか」

男は自分の冗談にガハハと笑い、イリリアの返事を待たず次の質問をした。たぶん女名の理由は重要ではないのだろう。

「どうしてあんな格好で森にいた？」

正直に、罪人として追放刑を受けたと言うべきか否か。イリリアは男の瞳を見た。

「――…罪人として、追放されました」

悪いことをしたわけではないけれどと、かすれた声で一応補足すると、男もイリリアの瞳をじっと見つめてから「そうか」とうなずいた。おそらくイリリアが相手を見て答を選んでいるように、男もイリリアが真実を言っているか否か見極めているのだろう。

「背中の傷は、誰にやられた？」

「――…よく、わかりません。でも…犯人は、森にはもういない…から、安全…」

人の背中を叩き斬るような危険人物が、自分の住処の近くをうろついていては安心できないだろう。イリリアは男のために、消えそうになる意識を懸命に繋いで、なんとか答えた。

「そうか。教えてくれてありがとうな」

男はきちんとイリリアの気持ちを察して、礼を言いながらもう一度頭を撫でてくれた。

「背中の傷の手当てはした。あとはあんたの気力次第だ。会いたい人がいるんなら、がんばって元気になれ」

会いたい人がいるってどうして知っているんだろう。あ、譫言《うわごと》で王さまのこと呼んだのかな。ぼく、どのくらい眠っていたんだろう。この男の人の名前はなんて言うんだろう。

次に目を覚ましたら教えてもらわなくちゃ。

知りたいことや聞きたいこと、それから頼みたいことがいくつもあるのに、どうしてもまぶたを開けていられず、イリリアは再び濃い闇色の眠りに落ちた。

†

イリリアと名乗った少年が、二度と目覚めないかもしれない眠りに滑り落ちてゆくのを、コルソは痛ましい気持ちで見守った。イリリアには「がんばって元気になれ」と励ましたが、自分の見立てでは「たぶん助からない」。

コルソと一緒に少年を見つけ、傷の手当てをした仲間の意見も同じだ。

炭焼きのために森に入り、毎年使っている小屋から少し離れた場所で、偶然少年を見つけたのは二日前。血塗《ちまみ》れの背中を見て、獣にでも襲われたのかと思ったが、よく見ると刃物で斬られたものだった。不穏な気配に、仲間は放っておこうと尻込みしたが、コルソは少年を小屋に連れ帰った。そして軍隊で医者の助手をしたことがある仲間をどやしつけて手当てをさせた。

「こんな子どもを見殺しにするのか？　俺たちが見つけたときにまだ息があった。こういうのは神様の思し召しってやつだ。『助けてやれ』っていう」

近年勢力を増した神殿の教えは好きではないが、昔からある素朴な信仰心は捨ててない。

「助けてやれっていうなら、こんなところに寝かせておかず、街に連れて行ってちゃんとした医者に診せた方がいいんじゃねぇか？」

仲間はぶつくさと文句を言いながら、それでも傷の手当てはきちんとした。きちんとと言っても大したことはできなかったが。仲間が言う通り大きな街につれて行き、腕の確かな医者に診《み》せれば助かるかもしれない。だがしかし、今の状態では、街へ連れて行く移動の負担に身体が耐えられないだろう。下手に動かせばすぐに死んでしまう。だからといって、このままここに寝かせておいても、遅かれ早かれ死んでしまうだろう。

「おう、どうだ？　あの子ども、助かりそうか？」

コルソが小屋の外に出ると、薪を積み上げて炭焼きの準備をしていた仲間が振り返り、汗を拭いながら少年の容態を聞いてきた。文句を言いつつ、こいつもやっぱり気にしてるんだと、素直ではない仲間に苦笑しながら首を横に振る。「無理だ」と言葉にはしたくない。死告天使の耳に入ったら、本当になってしまうから。代わりにコルソは眉根を寄せ、少年が眠っている小屋を振り返って小さくつぶやいた。

「可哀想にな…。まだあんなに若いのに」

†

「イリリア」と涙が出るほど懐かしい声で呼ばれた気がして、目を開けた。今度は前より視界が明るい。その代わりなのかひどく寒い。手足の感覚がほとんどなくて、動かそうとすると背中がひどく痛んだ。

「起きたか？」

うめき声をききつけたらしい、髭の男が慣れた仕草で顔を覗き込んできたので、うなずく代わりに瞬きで応える。それから、また眠ってしまわないうちにと、かすれた声で名前を訊ねた。

「…あなたの、名前は？」

「コルソだ」

「コルソ。助けてくれて、あり…がと…」

男は目を細めてうんうんとうなずき、最初のときと同じように、ゆっくり湯を飲ませてくれた。けれど前ほどたくさん飲めない。喉もあまり渇いていない。身体は冷たいを通り越して、逆にふわりと温かく感じるようになってきた。

自分がどのくらい眠っていたのか、ここから王都までどのくらい離れているのか、王さまについて何か知っている噂はないか。訊ねたいことはいろいろあった気がするのに、だんだん気にならなくなってきた。目を閉じるとまた眠りに落ちそうになる。

落ちた先は眠りではなく『死』かもしれないと、ふと思いついて「ああ、そうか」と納得した。自分は死にかけているんだと。それを裏付けるように、

「何か、欲しいものはあるか？」

コルソがやさしい声で訊ねてくれたので、イリリアはあれこれ質問する代わりに、ぽつりと願い事を口にした。

「空が見たい…」

どうせ死ぬなら、明るい空を見ながら死にたい。お城の庭で、王さまと一緒に見上げた青い空を。そうすれば、肉体を離れた魂は迷わず空を飛び、大好きな王の元へ還ることができる。だから死ぬのは怖くない。

――けれど、もしも願いが叶うなら、やっぱり死にたくはない。だって、死んだら王さまを守れなくなる。大好きな人のために、ぼくができる唯一のことが…。

「よっしゃ。ちょっと痛むかもしれんが、我慢しろよ」

コルソはイリリアの願いを聞き入れて、床を見ることしかできなかったうつ伏せから、仰向けに姿勢を変えてくれた。なるべく背中の傷に障らないよう気をつけて、毛布や外套を丸めたもので背もたれまで作ってくれた。そうして、壁の上の方にある窓を開けて、外が見えるようにしてくれた。

「…ありがとう」

イリリアが薄く微笑んで礼を言うと、コルソはちょっと涙ぐんで鼻をすすった。

「いいってことよ。それよりイリリアが会いたがってる「おうさま」ってやつ、どこにいるのか教えてくれたら、伝言を伝えるくらいしてやるぜ」

伝言ではなく、本当は遺言だ。イリリアにもそれは分かっていたが、コルソの親切には素直に感謝した。

「ぼく…、そんなに寝言で…「王さま」って、言って…た？」

「おうよ。会いたいとか、ごめんなさいとか、何度もな。ほかにもいろいろ言ってたけど、あんまり聞きとれなかった。でもよ、そんなに会いたくて謝りたい相手なら、俺が代わりに会いに行って、ちゃんと謝ってやるから、だから安心しろ。な？」

コルソの思い遣りが胸に響いて涙がこみ上げる。温かく潤んだ瞳で微笑むと、コルソはイリリアが相手の住んでいる場所を言うつもりも、伝言を頼むつもりもないことを察して目を赤くした。

イリリアは視線を窓に向けて、小さな四角に切り取られた空を見上げた。

窓には硝子を嵌めたり薄布を貼ったりしていない。そして小屋のまわりは木々が少ないのか、梢に邪魔されることなくよく見える。

よく晴れた青い空。見つめていると魂が溶けてしまいそうだ。

四角い窓枠がぼんやり滲み、空の一部が切り取られたように落ちてきた。――いや、飛んできた？　空の破片はイリリアの胸に舞い降りて、「ピィキュル」と鳴いた。

「レグルス…」

お帰り…とささやいて指を差し出そうとしたけれど、袖に石をつめられたように重くて動かない。それとも、自分はもう眠りに落ちて夢を見ているんだろうか。

「イリリア」とレグルスが声真似をする。

なんてそっくりなんだろう。まるですぐそこに王さまがいるみたいだ。

「イリリア」と、もう一度遠くで呼ぶ声がする。小屋の外から聞こえてくる。

迎えが来たのだろうか、あの世から。――王さまにそっくりな声で。

目に映る景色がぼやけてにじむ。コルソの仲間が戸を開けたのか、小屋の中が明るくなって風が吹き込んだ。懐かしい香りを乗せた、金色の風が。

「イリリア！」

耳元で、今度こそはっきりと王の声がした。

「迎えに来た」

声と同時に両手を強く握りしめられる。いつの間にか閉じていたまぶたを苦労して開けると、夢にまで見た王の姿が目の前に現れた。金色の、眩い光に包まれて。

「ゆ…め？」

「現実だ。イリリア、しっかりしろ、すぐに手当てをする。大丈夫だ、必ず助ける」

歯切れのいい王の物言いが懐かしい。王が片手を上げると、数人の人影がイリリアのまわりに膝をついて覗き込んできた。いったい何事かと戸惑うコルソに「湯を沸かせして部屋を暖めろ」と指示を出し、背中の傷を確認しはじめたので、たぶん医者だろう。

「お…う、さま」

「イリリア、予が間違っていた。そなたに罪はない」

王はいつもより少し早い口調で言い募った。早く言い聞かせなければ、イリリアが意識を失い、そのまま永遠に目を覚まさなくなることを怖れるように。

「罪がないどころか、命の恩人だ」

「王…さ…」

「ま」と言いきる前に、唇をそっとふさがれた。一瞬重ねただけの唇接《くちづ》け。けれど想いは伝わってきた。どんなに心配したか。どんなに後悔したか。

「イリリア、そなたは王の命を救った英雄だ。胸を張って城に帰還せよ。いいな」

「……」

はいと返事をしたかったのに、胸がつまって言葉にならない。涙がこみ上げて、王の顔を見つめ返すのが精いっぱいだ。

王に手を握られたまま、分厚く毛布を重ねて敷いた新しい寝床に運ばれ、うつ伏せにされた。すぐさま背中の傷を医者たちが検《あらた》めてゆく。枕元に安息効果のある瑠璃草《ラヴエンデユラ》と薔薇《バラ》の精油を落とした湯が置かれると、いい香りがする湯気のおかげで呼吸が楽になる。

「予と一緒に、城へ帰還するんだ」

「いいな」ともう一度念を押され、イリリアは今の自分に出せるありったけの力を込めて、王の手をにぎり返した。

♣　エピローグ

翌年の春。

イリリアは生きのびて、再び王の伴侶として神子の位に登った。

王はひと冬かけて念入りに啓蒙活動を行い、一年前に起きた神子の異端審問騒ぎは、偽証と捏造による冤罪《えんざい》だと広く知らしめた。

さらに「我が伴侶は単なる神殿勢力の旗印や象徴ではなく、予の命を救った救世主であり、かつてイスリルを守護し、歴代の王を導いた偉大かつ聖なる神子たちの系譜を引き継ぐ存在である」と自ら宣言したため、王を敬愛してやまない民の心は一気に神子を受け入れ、擁護の流れに傾いた。

証拠はあるのかと鼻で嗤っていた疑い深い人々は、王城から辺境の森へ、イリリアが追放されたときに通った細い道筋に、かつて存在しなかった花が咲き、緑の草で覆われた光景を見せつけられて黙り込んだ。黙るだけでなく、称賛し、歓喜する者へと変わった。

誰もが王の隣に立つ神子の姿をもう一度見たいと願ったが、神子は先年の秋、王に降りかかった災いを代わりに受けて衰弱し、療養中であると知らされた。多くの民が自発的に、一なる神を祀《まつ》る神殿ではなく、神子その人を称える聖殿――多くは新しく建造されたささやかな祠《ほこら》や、今まで忘れられていた過去の偉大な神子たちの廟――へ詣《もう》でて、神子の平癒《へいゆ》を祈った。

連日花や歌が捧げられ、一なる神にではなく神子イリリアに寄進する者が増えた。神殿は神子イリリアを異端の罪に問うたことで信頼を失い、王の方針も相まって、かつての絶大な勢力は失速しつつある。神官たちはイリリア個人の人気が上がることを快く思ってはいないが、王の強固な後ろ盾には逆らえず、こそこそと陰で嫌味をささやきながら逆襲の時を狙っている。もちろん、王が彼らの報復を許すはずはない。

そして今日、昼と夜の長さが同じになる聖なる日に、床上げを済ませた神子が王と連れだって、ようやく民の前に姿を現した。王城前の大広場には、二年前の神子披露の儀式より多くの民が詰めかけ、大歓声で王と神子を称え、御代《みよ》栄えあれと口々に願い続けた。

「…ぼく、なんにもしてないのに、みんなどうしてあんなに喜んでくれたんだろう?」

祝賀の式典を無事終えて奥宮に戻った王とイリリアは、正装から楽な平服に着替えると、周囲を格子硝子で覆って温室状態にした四阿でくつろいでいた。

ソレアが居心地よく整えた長椅子に並んで座り、西に傾きつつある陽射しのまばゆさに目を細める。病み上がりで疲れやすいイリリアのため、式典は短時間で済むよう予定が組まれていたので、陽はまだ高い。

「何もしていない、ということはなかろう。予の命を救った恩人であるというだけでなく、そなたが神子になってから二年間、水害が減り、干魃《かんばつ》もなく、作物の実りはここ二十年で一番の出来となった。家畜に病が流行ることもなく、仔が多く生まれ、民の暮らしはずいぶん楽になった。一昨年は単なる偶然だと誰もが思った。『神子』をでっち上げた神官どもですらな。だが、二年続けば理由が欲しくなる」

その心情をうまく導いて、冤罪の流布《るふ》と神子帰還待望論を民の間に広げたのは、王の戦略だ。戦略といっても事実無根の嘘を広げたわけではない。イリリアには確かに不思議な力があり、それはイリリアが母親から受け継いだロム一族の知識だけでは説明できない類のものだ。

「なにもしていないつもりでも、いるだけで気候が整い、作物が豊かに実るなら、民が喜ぶのは当たり前だ」

そう説明されても、イリリアは「そうかなぁ」と首を傾げるしかない。民が喜び、王の役に立てるのは嬉しいが、自分にそれほど価値があるとはとても思えない。

「ソレア、茶が淹れっぱなしになっていたぞ」

茶器を載せた盆を手に、格子硝子の小さな扉を開けて入ってきたのはベルガーだ。

寒くないようイリリアに上着を羽織らせ、香を焚《た》き、小さな窓を開けて空気を入れ換え、儀式で疲れたイリリアの足に精油を垂らし、やさしく揉み解していたソレアが「あ！」と声を上げて慌てて立ち上がった。

「申し訳ありません……！　ベルガー様」

焦るソレアにベルガーは「構わない」と目配せし、自分で淹れ直したらしい香茶を茶杯に注いで王に差し出した。王はそれを受け取り、ためらいなく口にする。

目の前で毒味をしてみせなくても、ベルガーが差し出すものなら疑うことなく口にするようになったのはいつからなのか。イリリアは正確な時期を知らない。王と一緒に森から城へ戻ったときには、すでにそういうことになっていた。そして、その変化は王にとってよいことだと思う。

イリリアが追放される前と、戻ってきた今との違いは他にもある。

ソレアは正式にイリリアの近侍になった。ハルシャーニは自ら王の近侍を辞して、今はベルガーの実家に身を寄せているらしい。ベルガーは多くを語らないが「有能な家令が欲しいと思っていたので、ちょうどいいと思いまして」というのが理由だった。

ハルシャーニが近侍を辞したことについて、王は無関心を貫いている。ソレアひとりでは王と神子の世話に手がまわらないので、近々新しい近侍を選ぶことにしたらしい。

イリリアは神殿での神子修行を再開することなく、代わりに〝探求の塔〟へ通って、長老たちから古代の知識や、歴代の神子たちの業績や逸話について学んでいる。同時進行で、以前は禁止されていた読み書きの修得も、ソレアを教師役に励んでいる。

ソレアはなかなか良い教師で、良い友人でもある。

イリリアにも温かな茶を献じたベルガーが、王の視線に気づいてソレアを呼び、一緒に四阿から出て行った。

ふたりきりになると、王がさりげなさを装って口を開いた。

「そういえば、そなたの〝呪《まじな》い〟だが…、あれはまだ有効なのか？」

どの呪いかは訊くまでもない。形替えの術のことを言っているのだろう。

イリリアは曖昧に小首を傾げて誤魔化そうとした。形代を曝かれ、本人にも術の存在を知られてしまえば、本来なら失効している。けれど…と、自分の胸元を見下ろして、イリリアはもう一度首を傾げた。

――形替えの術は解けたはずなのに、どうしてまだ金色の糸が出て、王さまと繋がっていられるんだろう？

色は同じ金色だが形は以前の鎖ではなく、絹糸を数本縒《よ》り合わせたような、なめらかな線だ。コルソの小屋で初めて見たときは、本当に細かったのに、今はあのときより少し太くなっている。これはイリリアにだけ見えるもので、王の目には映らない。

「イリリア、答えてくれ」

王の声で我に返って、イリリアは顔を上げた。

「はい？」

「術のことだ。答えてくれ」

「……ええと、ぼくにもよく分かりません」

王は盛大に眉根を寄せた。

こんなふうに思いきり表情を変えるのはイリリアの前だけだと、この間ソレアが教えてくれた。だからイリリアも、王さまがぼくだけ特別扱いしているように見えるのは『政治的配慮』だからだよと、覚えたての単語を使って説明した。ソレアは大袈裟なほど驚いていたけれど、この先もずっと世話になる身近な人間だからこそ、変に誤解される前に事情を説明しておいた方がいいと思った。

「分からないのか…」

「はい。あの、ごめんなさい」

互いを繋ぐ金色の糸のことだけは教えてあげたいと思うけれど、しゃべったことで切れてしまうのは嫌だし、もしもまだなんらかの形で『形替えの術』に効力が残っているなら、それを失いたくない。どちらも自分のわがままなので、自然に謝罪の言葉が出る。

「別に謝る必要などない」

声に怒りとは違う戸惑いのようなものが含まれていることに気づいたので、イリリアは王の顔を覗き込んで訊ねた。

「どうしてそんなに気にするんです？　まだ効き目が残ってるとしたら、――あ、もしかして…本当は、迷惑だった？」

王は驚いたように目を瞠り、それから額を手のひらで覆って肩を落とし「はあぁ…」と大きく溜息を吐く。

「違う。――まったくそなたときたら…。冬の間中、予が言葉にして伝えたあれこれを、いったいなんだと思っているんだ？　心配だからに決まっているだろう」

「う…、はい」

はいとうなずいたものの、王がそんなに心配する理由が、やっぱりよく分からない。

確かに冬の間、王は一日に何度もイリリアが臥せっている病床を訪ね、手を握り、早く元気になれと励まし続けてくれた。最初の一ヵ月は意識が朦朧としてほとんど覚えていない。二ヵ月目は、なんとか目覚めていられる時間が増えたけれど、ほとんど声が出せず会話はなかった。

三ヵ月目は、ぽつぽつと話せるようになり、互いに離れている間のことを語り合い、これからイリリアがどういった立場になるのか教えてもらっているうちに過ぎた。四ヵ月目となる先月は、寝たきりで激減した体力を取り戻すため、身体を動かしたり歩行訓練をするのに忙しく、すぐに眠くなってしまうので、ゆっくり話し合う機会が少なかった。

確かに王は冬の間中、イリリアに向かって「死んではならぬ」「そなたを大切に想っている」「予のために、これからも側にいてくれ。この先ずっと」と言い連ねていた。

イリリアはその言葉を、そのまま素直に受け取りそうになるたび、自分の立場を思い出して気持ちを引きしめてきた。

――ぼくを助けるために、王さま自ら森まで来てくれたのは、すごく嬉しかったし驚いたけど、それってぼくにまだ利用価値が残ってたからだし。この先ずっと側にいろっていうのも、王さまが国を治めていくのに、ぼく…っていうか神殿に従わない神子がいると、何かと便利だからってだけだもんね。……だけとか言っちゃいけないか。どんな理由でも、王さまの側にいられて、役に立てるなら、幸せだもの。

便利な道具の手入れを怠《おこた》らず、大切にするという意味で、王はイリリアにやさしいし、思いやりを示してくれる。

それでいいとイリリアは思っている。それで充分、自分は幸せだと。

「気をつけます」と殊勝に反省してみせると、王はまたしても微妙な表情を浮かべた。

「なぜなのか、言葉の意味がうまく伝わっていない気がするのは、予だけか?」

「へ?」

「イリリア」

王は姿勢を正し、身体の正面をイリリアに向け、改まった声で名を呼んだ。

「はい」と答えたイリリアの手に、王の手が重なる。そのまま握りしめて持ち上げられ、指の背に唇接けられた。

「…っ」

さすがにトクン…と胸が跳ねる。蜜で封じた炎のような赤褐色の瞳にまっすぐ見つめられると、跳ねた鼓動がぶつかり合って、さらに激しく躍り出す。

頬が熱くなって急に恥ずかしくなる。逃げ場を求めて左右を見まわすと、意図を察した王に強く抱きすくめられた。

「うう…っ」

「傷は痛むか」

「え？」

突然話題を変えられて顔を上げると、力の抜けた肩からするりと上着を落とされた。

「……え？」

落ちた上着を思わず目で追った隙に、ゆったりとした長衣の前をはだけられ、片肌をぺらりとめくられた。傷の状態は、ほぼ毎日確認しているから知っているはずなのに。今さらどうして？　とぼんやり首を傾げていたら、首筋に王の顔が近づいて、チクリと甘く噛まれてしまった。

「うぁ！　……っな、なな、何してるんですか、王さま」

嚙まれた場所が痺れたように疼いた。甘い痺れはそこから全身に広がり、手足から力が抜けて、図らずも王の腕にくたりと身を預けてしまう。

「傷は完全にふさがったし、医者は、多少なら激しく動いても大丈夫だと言っていた」

「…？　はい」

王の言葉の意味をつかみかね、イリリアは曖昧にうなずいた。

「前にした約束を覚えているか？」

「約束？」

今度ははっきり首を傾げる。約束ってなんだっけ？

「一年近く前になる。覚えてなくても仕方ないか、いろいろあったからな。ロンサールとの国境戦に出征する前だ」

「ああ！」

思い出した。ええと確か、戻ってきたら「抱く」だっけ？

「交合の儀…？」

「そうだ」

妙に強気な王の表情を見ているうちに、以前のやりとりを思い出した。

儀式は義務で、一度済ませたらもうしないと言われたのに、どうしてと思って訊ねたら、「嫌か?」と訊ね返された。嫌なわけはないから首を横に振ったっけ。

イリリアの気持ちは、あのときから変わっていない。

嫌じゃない。でも「どうして?」という疑問は残ったまま。

性欲を解消するためだけだったら、別に自分じゃなくても、他にもっと相応しい人がいるはず。いないわけがない。一国の王で、若く頑健な肉体を持ち、容姿も秀でた人間を、まわりが放っておくはずもない。

長椅子に敷きつめられた厚い毛布とやわらかな鞍嚢《クッション》の上に、そっと横たえられながら、イリリアは我慢できずに「どうして?」と訊ねてしまった。

王はイリリアの長衣を器用に取り払い、自分も半裸になって覆いかぶさりながら、ちらりと顔を上げた。

「何が?」

「王さまが、ぼくを…その、抱く理由です」

首筋に顔を埋め、甘嚙みしながら鎖骨へ唇をすべらせていた王が、意外そうな声を出す。

「分からないのか?」

「はい。いえ、あの、ぼくなりに考えた理由はあるんですけど」

王は唇をイリリアの胸につけたまま、くぐもった声で命じた。

「言ってみろ」

「——えぇと、ぼくが王さまにとって利用価値のある道具だということは分かってます。やさしくしてくれたり気を使ってくれるのは、道具を手入れするようなもので。じょうに『交合の儀』も、手入れの一種かなっ…て、あっ！」

胸から臍に降りていた王の顔がゆっくり上がる。同時に身を起こし、イリリアを頭から食べてしまいそうな勢いで目の前に迫ってきた。

「イリリア」

これは怒っている声だ。自分は何か間違ったことを、言ってしまったのだろうか？

「はい…」

肩をすくめて、上から睨みつけてくる王を上目遣いで盗み見る。その表情を見て、王はぐっと唇を噛みしめ、両手でイリリアの肩をつかんだ。強く、しっかりと。

「予は、そなたを大切に想っている」

「あ、はい」

「——分かっていないな。王である予が、愛していると言ってるんだ。もう少し他の反応があるだろう」

「はい。……えっ？ ——…あ、愛？」

聞き間違えだろうか。その言葉は不意打ちすぎて、心のどの棚に分類していいか分からない。愛していると最後に言ってもらったのは、ガラフィアの地下牢で母さんが事切れる前。唇の動きだけで「イリリア、愛してるわ。あなたは生き延びてね」と言ってもらった。「『愛してる』って言葉は、特別な意味があるんですよ。そんな簡単に使っちゃだめです。言霊っていうのがあって、思ってもいないのに使うと反動で、よくないことが…」

起きるからという言葉は、王の唇に吸い取られてしまった。

「…ぁ――」

頭の後ろを大きな手のひらで支えられ、かぶりつくように唇をこじ開けられた。舌が挿し込まれて荒々しく口中を探られる。王の舌が自分の中で動いている。口蓋や歯や頬の内側に触られていると思うと、何か考える前に全身の血が煮えたって湯気になり、溶けて崩れてしまいそうだった。

角度を変えて何度か貪られ、息がうまくできなくて気を失いそうになったところで、ようやく解放してもらえた。

「思い知ったか」

凄まれて、「何を?」とは言い返せなかった。息を吸うのに必死で。

「まだ分からないなら、分かるまでじっくり教えてやろう。そなたの身体と、心に」

宣言通り、王は肌を重ねて身体をつなげることで、イリリアに何かを伝えようとした。

王自身を身の内に迎え入れながら、イリリアは必死にその意味をつかもうとした。唇が重なるたび、後孔を穿たれるたび、背中の傷を庇いながら、精いっぱいの力で抱きしめられるたび、王の気持ちが染み込んでくる。

何か…、大きくて温かなもの。

イリリアを支え、イリリアに支えられることを受け入れて、共に歩もうとする気持ち。

寄り添い笑みを交わして、互いの無事と幸福を祈り合う関係。

それをなんと呼ぶのか、イリリアはまだ知らない。だから、それがなんなのか…、

「王…さま…、教え……」

溺れるように毛布と鞍嚢《クッション》の波間で身悶えながら、抱きしめてくれる王の首にしがみつき、耳元に唇を寄せてささやいた。

「——教え…て…」

その瞬間、大きく深く腰を揺すられて目の前で光が弾けた。まばゆく豊かに広がる光の中で、イリリアは確かに王の答を聞いた。ひと言ひと言、大切に嚙みしめるような声で。

「そなたは、予が愛する大切な…伴侶だ」

その意味が、こうして互いに溶け合い、なにひとつ欠けたところのない充足感を味わうことなら、それでいい。そのまま受け入れる。

王にもらった美しい宝石のような言葉を抱きしめて、王の温かく逞しい腕に抱きしめられて、イリリアは生まれてはじめて味わう幸福な眠りに身をゆだねた。

「ピル？」「キュル？」という囀りと、額をモゾモゾと踏みつける小さな温かい足の感触で、目が覚めた。陽はまだ高く、眠りに落ちてからさほど時間は経っていない。

「レグルス…」

イリリアは上目遣いで額の上を歩きまわる青色を見て、それから隣で寝息を立てている王の顔を見た。その視線を追うように、青色が額からぴょんと跳ね、王の頰に飛び乗る。

「うん…？」

王は目を閉じたまま、無造作に腕を上げて頰に張りついた異物を剝がす仕草をしたけれど、レグルスはその手を素早く逃れて肩に跳び移る。そこで何度か足を組み合え、態勢を整えると、首筋に流れ落ちている王の髪をひと房ついばみ、ツン…と引っ張った。

「レグルス、だめだよ」

疲れて眠っているんだからと、指先でそっと止めようとした瞬間、王のまぶたが静かに上がる。同時にレグルスがついばんでいた髪を落とし、イリリアそっくりの声で囀った。

まるでイリリアの気持ちを代わりに伝えるように。高らかに。

「おうさま、あいしてる！」

あとがき

こんにちは。花丸文庫さんでは初めましての六青《ろくせい》みつみです。

文庫を出していただくのはこれで三冊目…いえ四冊目です。この本が発売されるちょっと前に、別のレーベルから一冊出ているはずなので四冊目ですね。別レーベルの一冊は新書↓文庫の出し直しですが、この本はまるっと書き下ろしでございます。内容は、自分的に王道ど真ん中ど直球な感じになりました。セレブ強気攻×アホの子（イノセント）受です。実は最初にこの話のプロットを作ったときは、受攻の名前も年も性格も違いました。要するに別キャラです。それで三分の一以上半分未満くらい書き進めたものの、どうにもしっくりこなくて、結局その原稿は没《ボツ》。新たな登場人物に変えてリスタートすることにしました。おかげで当初の予定から発行がずれたりして、関係者の皆さまには大変ご迷惑をおかけしました。申し訳ありません…。

そんなこんなでヨレヨレしている私に、適確なアドバイスと激励《げきれい》を与えてくださった担当様、この話を無事書ききることができたのは担当様のおかげです。

本当にありがとうございました！　これからもよろしくお願いします。

　そして素敵なイラストを描いてくださった花小蒔《はなこまき》先生にも感謝いたします。ありがとうございます。ラフでいただいたイリアが超きゃわわで、原稿ラストスパートのカンフル剤になりました。ヘビぶらんぶらんしてる場面の挿絵を見るのがすんごく楽しみです！

　最後にちょこっと宣伝を。

　いつもはノベルス（新書）メインで活動しています。なので「文庫以外はあまり手に取ったりしないわ」な読者の皆さまには馴染《なじ》みがないかもしれませんが、これを機会に既刊にも興味を持っていただけたら嬉しいです。基本的に作風（萌《も》え）は本作に準拠《じゅんきょ》したものだと思ってます。まあ本人が思うのと、端からの評価は違ったりしますが。特に私の場合、ほのぼの甘々なつもりで書いたものが『今回も酷い話だった』とか、感想でよく見かけるので…（汗）

　ちなみに今作は『切ないスイートラブ☆』のつもりで書きました。皆さまの印象はどうだったでしょうか？　感想などありましたら、ぜひともお寄せいただけると嬉しいです。今後の励みになります。よろしくお願い致します。

六青みつみ

Hanamaru Bunko

作家・イラストレーターの先生方へのファンレター・感想・ご意見などは
〒101-0063 東京都千代田区神田淡路町2-2-2
白泉社花丸編集部気付でお送り下さい。
編集部へのご意見・ご希望などもお待ちしております。
白泉社のホームページはhttp://www.hakusensha.co.jpです。

白泉社花丸文庫

王様と幸福の青い鳥

2015年1月25日　初版発行

著　者　六青みつみ

発行人　菅原弘文

発行所　株式会社白泉社
〒101-0063 東京都千代田区神田淡路町2-2-2
電話 03(3526)8070(編集)
03(3526)8010(販売)
03(3526)8020(制作)

印刷・製本　株式会社廣済堂

Printed in Japan　HAKUSENSHA　ISBN978-4-592-87716-5
定価はカバーに表示してあります。